EINE FAMILIE ZU WEIHNACHTEN

JAY NORTHCOTE

Übersetzt von
BETTI GEFECHT

Für meine drei großartigen Schwestern – dafür, dass sie mich zum Lachen bringen, meine Welt heller machen und mich bedingungslos lieben

COPYRIGHT

EINS

19. Dezember

RUDY WAR WIEDER EINMAL ZERSTREUT.

Eigentlich gehörte er zu den Menschen, die sich gut konzentrieren konnten, ganz gleich, was um sie herum vorging. Wenn überhaupt, dann konzentrierte er sich eher zu sehr – wenn er sich erst einmal in etwas vertieft hatte, konnte ihn nichts von seiner Aufgabe ablenken. Dann würde er es nicht einmal mitbekommen, wenn das Gebäude abbrannte.

Aber vor vier Wochen hatte sich alles geändert.

An jenem Tag, als der Neue, Zac, durch die Bürotür hereinmarschiert war, hatte dessen nervöses Lächeln Rudys Konzentrationsfähigkeit pulverisiert. Und sie war nie wieder ganz zurückgekehrt

Rudy wusste, seine Schwärmerei für Zac grenzte an Besessenheit, aber er konnte sich nicht helfen. Anfangs hatte er das Gefühl akzeptiert und sogar ein wenig genossen. Er hatte einfach gehofft, es würde von allein wieder verschwinden, sobald er Zac erst einmal kennengelernt und festgestellt hatte, dass er nicht der perfekte Traumtyp aus Rudys Fantasien war. Aber vier Wochen später warf Rudy immer noch wie ein liebeskranker Trottel verstohlene Blicke quer durch das Büro von Rainbow Futures zu Zac, und nichts, was er sah, hatte bis jetzt geholfen, seine glühende Schwärmerei zu mindern.

Zacs dunkler Schopf war über seinen Computer gebeugt, während seine flinken Finger über die Tastatur flogen und ein kleines Lächeln seine Lippen umspielte. Rudy hätte gern gewusst, was ihn so amüsierte, aber er war natürlich viel zu schüchtern, um zu fragen. Zac, der neue Social Media- und PR-Manager von Rainbow Futures, trug ein unsichtbares ein Schild auf der Stirn, auf dem stand: „Kein Zutritt!" Es war wie eine Rüstung. Zac war cool, zurückhaltend, absolut professionell und beteiligte sich niemals an dem üblichen Büro-Smalltalk. Und Rudy war nicht selbstbewusst genug, um einen Versuch zu machen, diese Barriere zu durchdringen.

Rudy schüttelte den Kopf und seufzte. Widerwillig zwang er seinen Blick zurück zu dem Code auf seinem Monitor. Er war gerade dabei, die Website zu aktualisieren. Er musste rechtzeitig damit fertig werden, damit die Änderungen geprüft und hochgeladen werden konnten, bevor das Büro am Freitag vor dem Weihnachtswochenende schloss.

Rainbow Futures war eine kleine, schnell wachsende Charity-Organisation mit Schwerpunkt LGBTQ-Jugend und Aufklärung. Rudy arbeitete hier schon seit seinem Abschluss vor zweieinhalb Jahren als Webdesigner und

Copywriter. Heute fügte er ihrer Website Updates über das Bildungsprogramm hinzu, welches sie in Bristol betrieben, und lud die Beschreibungen der Gender Identity-Workshops hoch, die sie in weiterbildenden Schulen anboten.

Er scrollte durch einige Fotos und wählte schließlich eines, auf dem Erik, einer ihrer Kontaktarbeiter zusammen mit einer Gruppe von Teenagern zu sehen war, die Plakate für ihre Schule entwarfen. Die Kids waren eifrig bei der Sache und hatten offensichtlich Spaß an ihrer Aufgabe, und Erik lächelte. Es war perfekt.

Rudy vergrößerte es und fummelte ein wenig am Kontrast, dann speicherte er es, um es auf die Website hochzuladen.

Wieder mit seiner Aufgabe beschäftigt, gelang es ihm, Zac für eine Weile zu vergessen, und der Vormittag verging wie im Flug.

„ERDE AN RUDY!"

Rudy blinzelte – nach Stunden am Monitor sah er das Büro im ersten Moment ein wenig unscharf. Er richtete seine Brille und schaute in Takaras grinsendes Gesicht. „Oh, 'tschuldige. Hi."

Er fuhr sich mit einer Hand durch sein Haar und schüttelte den Kopf, um wieder ganz in die Gegenwart zurückzukehren.

„Erik und ich gehen raus, um was zu essen. Willst du mitkommen? Wir können dir stattdessen auch was mitbringen, wenn dir das lieber ist?"

Rudys Magen knurrte beim Gedanken an etwas zu

essen. Sein Rücken zwickte, weil er den ganzen Vormittag über seinen Bildschirm gebeugt gesessen hatte. „Ich komme mit. Ich könnte ein bisschen frische Luft gebrauchen."

Er stand auf und streckte die Arme über den Kopf. Dann zog er seine Jeans hoch, die bei der Bewegung an seinen schmalen Hüften ein Stück nach unten gerutscht war.

„Und du, Zac? Bist du sicher, dass du nichts willst?", fragte Takara.

„Nö, alles gut, danke." Zac sah kurz auf und lächelte höflich. „Bis nachher."

Zac brachte ohne Ausnahme immer ein Lunchpaket von zu Hause mit und begleitete nie die anderen, wenn sie in der Mittagspause ins Café gingen. Aber Takara fragte ihn trotzdem jedes Mal, und Rudy gab die Hoffnung nicht auf, dass er eines Tages ja sagen könnte.

Die Drei zogen ihre Mäntel an und machten sich auf dem Weg nach unten.

„Er ist der anti-sozialste Manager für soziale Medien, den ich je getroffen habe", schnaubte Takara. „Er arbeitet jetzt seit mehreren Monaten bei uns, und ich habe bis heute noch kein echtes Gespräch mit ihm zustande gebracht."

Sie klang enttäuscht und ein wenig, als gäbe sie sich selbst genauso viel Schuld wie Zac.

Erik hielt ihr die Tür Straße auf. „Nimm's nicht persönlich. Wahrscheinlich ist er nur schüchtern."

„Rudy war anfangs auch schüchtern, aber er hat trotzdem mit mir geredet."

„Wenn ich mich recht erinnere, hast du mir praktisch

keine Wahl gelassen", sagte Rudy grinsend. Aber er war über Takaras unnachgiebige Freundlichkeit sehr froh gewesen, als er der Neue gewesen war. Auch wenn sie ihn anfangs ein wenig eingeschüchtert hatte, sie hatte ihn aus seinem Schneckenhaus geholt und ihm geholfen, sich in die Gruppe einzufügen.

„Aber du hast dich auf mich eingelassen." Takara runzelte die Stirn. „Anfangs warst du eine ziemlich harte Nuss, aber es war offensichtlich, dass du einfach nur unsicher warst. Zac kommt mir überhaupt nicht schüchtern vor – mehr so, als wollte er einfach keinen freundschaftlichen Umgang."

„Tja, vielleicht will er den auch nicht." Erik zuckte die Achseln. „Er ist zum Arbeiten hier, nicht, um unser bester Kumpel zu sein. Nicht jeder mag privaten Kontakt unter Kollegen."

„Kann sein."

Takara ließ das Thema erst einmal fallen. Aber Rudy wusste, sie würde bei Zac keinen Rückzieher machen und nicht so leicht aufgeben. Er war so froh, dass er seine Schwärmerei für sich behalten hatte – wenn Takara wüsste, dass er auf Zac stand, würde sie ohne Ende bohren und drängen.

Im Café bestellten Takara und Rudy Sandwiches, während Erik sich für einen Hühnchensalat mit Quinoa entschied.

„Machst du immer noch diese Low Carb-Diät?", fragte Tamara.

„Es geht mir nicht so sehr um Low Carb, wichtiger sind viel Proteine. Ich will meinen Testosteronspiegel pushen und ein paar Muskeln aufbauen, damit ich im

Sommer auf der Hochzeit in meinem Anzug gut aussehe."

Nach sechs Monaten Testosteron-Therapie hatte sich Eriks Körper bereits verändert und sah maskuliner aus, aber Erik war ungeduldig.

„Du wirst super aussehen, ernsthaft. Bis dahin wird der Anzug an dir sitzen wie an einem Rockstar!", ermutigte Rudy ihn, und er meinte es ernst. Erik verwandelte sich zusehends in einen gut aussehenden Mann. Es war, als würde man der Verwandlung einer Raupe in einen Schmetterling zusehen. Dank seiner skandinavischen Herkunft war Erik sehr groß und sehr blond, und nach seinem Stimmbruch hatte er keinerlei Probleme, als Mann durchzugehen.

Erik grinste. „Danke, Mann."

Sie fanden einen kleinen Tisch in der Nähe des Fensters und quetschten sich daran auf die Stühle. Die Fensterscheiben in dem gut beheizten Café waren beschlagen, weil die Dezemberluft draußen so frostig war. Unter einem schiefergrauen Himmel hasteten ganze Horden von Menschen durch die Straßen, auf der Suche nach Last-Minute-Weihnachtsgeschenken. Das Café war mit Lichterketten geschmückt, die so eingestellt waren, dass sie automatisch an- und ausgingen. Weihnachtliche Popsongs dröhnten aus versteckten Lautsprechern, und neben der Kasse auf dem Tresen stand ein Miniatur-Christbaum, der in einer Endlosschleife die Farbe wechselte, in allen Schattierungen des Regenbogens.

Ein warmes Gefühl breitete sich in Rudys Brust aus. Er liebte Weihnachten. Es gehörte für ihn zu den schönsten Zeiten des Jahres. Selbst jetzt noch, mit vierundzwanzig, spürte er einen Hauch von froher Erwartung, wie ein schwaches Echo der Weihnachtsfeste seiner Kindheit, als er und seine Geschwister vor Heiligabend nicht fähig gewesen waren zu schlafen. Beim Gedanken an seine Familie musste er unwillkürlich lächeln. Nur noch wenige Tage, dann konnte er nach Hause fahren und Zeit mit ihnen verbringen. Er konnte es kaum erwarten.

Takara, die mit Erik sprach, erwähnte Zacs Namen und riss Rudy damit sofort aus seinen Gedanken.

„Ich werde mal unter vier Augen mit Gina reden", sagte sie. „Vielleicht kann sie ihn überreden, am Donnerstagabend mitzukommen, wenn wir nach der Arbeit unseren Weihnachtsumtrunk haben. Ich denke, das wäre gut für ihn. Keiner ist eine Insel ... oder wie das heißt. Es ist gut für die Arbeitsmoral und die allgemeine Stimmung im Büro, wenn man sich gelegentlich außerhalb der Arbeit trifft."

„Ja, kann sein." Erik klang nicht überzeugt.

„Er muss ja nicht stundenlang bleiben. Nur ein Drink nach Feierabend. Das ist doch nicht zu viel verlangt. Niemand wird versuchen, ihn unter einem Mistelzweig zu küssen oder sowas. Ein Drink, ein bisschen Konversation. Es wäre schön, nicht das Gefühl zu haben, dass wir mit einem vollkommen Fremden arbeiten, wenn wir nach Weihnachten ins Büro zurückkehren." Takaras Ton duldete keinen Widerspruch.

Rudy zuckte mit den Schultern. „Ja. Wäre schön, ihn ein wenig besser kennenzulernen." Seine Wangen wurden heiß und kribbelten. Er hoffte, die anderen beiden würden das der Wärme im Café zuschreiben. Der Gedanke, Zeit mit Zac zu verbringen, war aufregend und beängstigend zugleich. Wenn Zac doch nur zustimmen würde ...

MIT EINEM BECHER Kaffee in der Hand kehrte Zac aus dem Pausenraum zurück an seinen Schreibtisch. Das Kaffeepulver war ausgegangen, weshalb er nur so eine miese Instant-Brühe hatte. Hätte er das gewusst, dann hätte er Takara gebeten, ihm einen anständigen Kaffee mitzubringen. Dieses Zeug hier war Scheiße, aber es würde ihn durch den Nachmittag bringen.

Er war heute müde – Muffin, die Katze seiner Vermieterin hatte ihn um fünf Uhr morgens geweckt, um ihm ein verfrühtes Weihnachtsgeschenk in Form einer lebendigen Maus zu machen. Als Zac das verdammte Ding endlich eingefangen hatte, war er hellwach und konnte nicht wieder einschlafen. Muffin allerdings hatte sich neben ihm eingerollt und hatte immer noch geschlafen, als er sich auf den Weg zur Arbeit gemacht hatte. Dumme Katze. Er sollte sie wirklich nachts aus seinem Zimmer aussperren, aber er genoss ihre Gesellschaft zu sehr. Sie war sehr verschmust und eigentlich auch recht entspannt, wenn sie nicht gerade die örtliche Mäusepopulation dezimierte.

Zac hatte es sich gerade an seinem Schreibtisch bequem gemacht, als sich die Bürotür öffnete und die anderen hereinkamen. Er hob den Kopf, um ihnen zur Begrüßung zuzunicken. Rudy lächelte ihn schüchtern an, dann sah er rasch wieder weg. Seine Wangen glühten rot; es musste ziemlich frostig sein draußen.

„Hi, Zac", sagte Erik.

Takara grinste. „Hattest du eine gute Mittagspause?

Ich hoffe, du bist wenigstens zwischendurch mal vom Schreibtisch aufgestanden. Es hat einen Grund, warum es Mittags*pause* heißt."

„Ja, nun ... wenn ich mir die Zeit anders einteile, kann ich dafür früher nach Hause, stimmt's?" Und so machte Zac das an den meisten Tagen. Er nahm nur selten die ganze Stunde Mittagspause.

„Stimmt. Hast du heute denn was vor?"

Zac versuchte, sich seinen Ärger nicht anmerken zu lassen. Er wusste, Takara versuchte nur, freundlich zu sein, aber sie ließ einfach nicht locker, obwohl Zac sie ständig abwimmelte. Er wollte keine Freunde, er wollte einfach nur seinen Job machen. „Nein, nur ins Fitnesscenter, wie immer."

„Mann, ich wünschte, ich hätte deine Disziplin", sagte Erik bewundernd. „Mehr als dreimal die Woche kriege ich nicht hin. Ich weiß nicht, wie du die Zeit findest."

Es hilft, weder Freunde noch Familie zu haben.

Zac sprach die Worte nicht laut aus. Sie würden nach Selbstmitleid klingen, und das traf nicht zu – sie beschrieben lediglich eine Tatsache, und er wollte es gar nicht anders haben. Arbeiten, trainieren, essen, schlafen. Seine Alltagsroutine war beruhigend und berechenbar und passte perfekt zu ihm.

Er zuckte bescheiden die Achseln. „Tja, na ja, es hilft mir, nicht durchzudrehen." Auch das war eine Tatsache.

Takara musterte ihn nachdenklich, und ihr forschender Blick war ihm unangenehm. Er wandte seine Aufmerksamkeit wieder seinem Computer zu und beendete damit wirkungsvoll die Unterhaltung.

Während er sich in das Verfassen eines Blogposts und

einer Pressemitteilung vertiefte, war er sich der anderen Leute im Büro kaum bewusst, und der Nachmittag verlief ohne weitere Störungen. Takara kam auf ihrem Weg von und zu Ginas Büro einige Male an seinem Schreibtisch vorbei, aber Zac hielt den Kopf gesenkt und vermied so weitere unerwünschte Gesprächsversuche ihrerseits.

Als er mit seinem Tagwerk fertig war, sah er auf die Uhr – Feierabend für heute. Er schickte seine Entwürfe per E-Mail an Gina, dann ging er hinüber und klopfte an ihre Bürotür.

„Herein. Ah, Zac. Genau mit dir wollte ich sprechen."

„Ich habe dir die Pressemitteilungen gerade gemailt und wollte dir jetzt Bescheid sagen."

„Danke, aber darum geht es gar nicht. Schließ die Tür und setz dich einen Moment."

Verunsichert kam Zac ihrer Aufforderung nach.

Gina lächelte ihn freundlich an. „Schau nicht so ängstlich drein. Ich beiße nicht."

Zac gab ein leises, schnaubendes Lachen von sich. Gina war nicht wirklich furchteinflößend. Imponierend und durchsetzungsfähig, ja, aber sie strahlte dabei Freundlichkeit aus wie Sonnenschein. „Gibt es ein Problem?", fragte Zac.

Er hatte sich den Arsch abgeschuftet, seit er hier angefangen hatte. Er wusste, beim Vorstellungsgespräch hatte er nicht gerade gut punkten können– so etwas gehörte nicht zu seinen Stärken – aber seine Arbeitsproben und die Referenzen seines Uni-Mentors hatte sie überzeugt. Trotz seiner Unfähigkeit, sich selbst zu verkaufen, hatte Gina sein Potenzial erkannt.

Sie lächelte. „Ganz und gar nicht. Ich wollte nur

wissen, wie es dir nach deinem ersten Monat bei uns ergeht. Wie gefällt es dir bei Rainbow Futures?"

„Oh, es ist großartig. Mir gefällt die Arbeit, und ich denke, ich habe es bisher ganz ordentlich gemacht."

„Ja, definitiv", versicherte Gina ihm. „Ich bin außerordentlich zufrieden mit den Ergebnissen deiner Arbeit, und die Anzahl der Follower und Interaktionen in den sozialen Medien haben sich enorm erhöht, seit du das übernommen hast. Gut gemacht!"

Ihre dunkelbraunen Augen hielten seinen Blick fest. Zac wusste, da würde noch etwas kommen, aber er konnte nicht zwischen den Zeilen lesen und hatte keine Ahnung, was ihn erwartete. „Danke."

„WENN WIR AM Donnerstag nach der Arbeit zusammen was trinken gehen, wird die erste Runde auf mich gehen – wir haben bei unseren Followern auf Twitter die Fünftausender-Marke überschritten. Das muss gefeiert werden. Ich hoffe doch sehr, dass du mitkommst?" Ihr freundliches Lächeln war zurück, aber da war ein gewisses Funkeln in ihren Augen, und Zac hatte den starken Verdacht, dass sein Erscheinen am Donnerstagabend nicht ganz optional war. „Ich denke, es ist wichtig, sich ab und zu auch außerhalb des Büros zu treffen. Ich betrachte Rainbow Futures als Gemeinschaft, nicht nur als Arbeitsplatz." Sie verstummte erwartungsvoll.

„Ähm, ja. Ja, sicher. Ich werde da sein."

„Fantastisch." Ginas Lächeln wurde breiter, und sie klang aufrichtig erfreut. „Okay, Zac. Dann sehen wir uns morgen."

Offenbar war das Gespräch beendet. Mit einem hastigen „Bis dann" verließ Zac ihr Büro.

Als er seine Tasche packte, um heimzugehen, redete er sich innerlich Mut zu. Es würde ihn schon nicht umbringen, wenn er einen Abend nicht ins Fitnessstudio ging. Er würde ein, zwei Gläser trinken, und dann konnte er sich entschuldigen und gehen.

Was sollte schon schiefgehen?

ZWEI

Rudy verbrachte bis zum Donnerstag eine geradezu lächerliche Menge Zeit damit, wie verrückt an Zac zu denken. Takara hatte Zac so lange gelöchert, bis er zugegeben hatte, dass er an dem Weihnachtsumtrunk teilnehmen würde, was Rudy in einen Strudel nervöser Erwartung gestürzt hatte. Es würde die perfekte Gelegenheit für einen Versuch sein, Zac etwas besser kennenzulernen. Aber worüber in aller Welt sollte er mit ihm reden? Ihr einziger gemeinsamer Nenner war der Job, und es war öde, über die Arbeit zu reden, wenn man abends ausging.

Wenn Rudy nicht schlief, dann verbrachte er fast jeden Moment mit imaginären Gesprächen, die wundersamerweise alle damit endeten, dass sie sich küssten oder Zac ihn bat, mit ihm auszugehen, oder dass er sich von Rudy einen blasen ließ. Rudy fühlte sich nicht gerade selbstsicher, was Blowjobs anging – tragisch, wenn man bedachte, dass er vierundzwanzig war – aber er schätzte, auf der Grundlage von Pornos und seines sehr begrenzten Erfahrungsschatzes würde er es schon irgendwie hinkriegen.

Schließlich kam der Donnerstagabend, und alle verließen im Pulk das Büro und machten sich auf den Weg zum Wetherspoons, einer großen Kneipe nur wenige Straßen entfernt. Rudy versuchte, zu Zac aufzuholen, aber Takara war schneller. Also ging Rudy stattdessen hinter Zac und bewunderte seine breiten Schultern und die Rundungen seines Hinterns. Zac war ein paar Zentimeter kleiner als Rudy, der groß und schlaksig war, während Zac kompakt und muskulös war. Das mussten die vielen Besuche im Fitnessstudio sein. Rudy hatte seit seiner Schulzeit keine Trainingshalle mehr von innen gesehen, Fitnesscenter fand er einschüchternd. Seine Vorstellung von körperlicher Ertüchtigung war das Umblättern von Buchseiten, und das Einzige, was verhinderte, dass er völlig erschlaffte, war der halbstündige Fußweg zur Arbeit, den er zweimal täglich zurücklegte.

Takara sah grinsend zu Zac auf und lachte über irgendetwas, das er gesagt hatte. Rudy fühlte einen Stich von Eifersucht, als Zac ihr Lächeln erwiderte. Vielleicht verschwendete Rudy nur seine Zeit? Nur weil die meisten Leute, die bei Rainbow Futures arbeiteten, der einen oder anderen Schattierung des LGBTQ-Regenbogens angehörten, musste Zac nicht unbedingt schwul sein. Vielleicht war er bi. Vielleicht war er sogar heterosexuell.

Rudy seufzte und schob die Hände tiefer in seine Manteltaschen. Wenn er nur genug Selbstsicherheit besäße, um zu flirten ... Vielleicht würde etwas Alkohol helfen. Seine Mutter hatte Alkohol stets als soziales Schmiermittel bezeichnet. Normalerweise war Rudy kein großer Trinker, aber vielleicht würden ihm ein paar Gläschen den nötigen Mut verschaffen.

Es war einen Versuch wert.

UND *GLÄSCHEN* WAR DANN AUCH das Stichwort, als sie in der Kneipe waren. Viele kleine Gläschen!

Luke war an allem Schuld. Oder vielleicht war es auch derjenige, der die Musik zusammengestellt hatte, die derzeit aus den Lautsprechern dröhnte. Aber das unverkennbare *da da dah, da da da-da da-da* von „Tequila!" brachte ihren Spendenkoordinator Luke dazu, die Hüften zu schwingen und darauf zu bestehen, dass sie den Abend mit einer Runde Tequilas einläuteten.

Gina hob die Brauen. „Echt jetzt, Luke? Weißt du nicht mehr, was bei der letzten Firmenfeier passiert ist, nachdem wir Tequila getrunken hatten?"

Luke winkte ab. „Ich bin sicher, das Tischbein war schon vorher angeknackst. Und der Barbesitzer hat keinen Aufstand deswegen gemacht."

Erik lachte. „Ja, nachdem du ihm den Schaden bezahlt und extra viel Trinkgeld gegeben hattest."

Rudy bemerkte, dass Zac nachdenklich die Augen verengte und offenbar versuchte, hinter die Geschichte zu kommen.

„Luke hatte auf dem Tisch getanzt", erklärte Rudy. „Der Tisch hat leider nicht überlebt."

Zac verzog belustigt die Mundwinkel. „Verdammt, das muss ja ein wilder Abend gewesen sein."

Rudy musste bei der Erinnerung daran grinsen. „Ja, es war ziemlich lustig."

„Tja, dieses Mal wird nicht auf dem Tisch getanzt", sagte Gina streng. „Will irgendwer etwas anderes als

Tequila?" Es erhob sich zustimmendes Gemurmel; jeder wollte einen. „Also gut."

Gina drängelte sich durch die Menge zur Bar. Es dauerte nicht lange, bis sie bedient wurde. Während der Barkeeper die Gläser füllte, nahm Gina noch weitere Getränkewünsche entgegen. „Wenn ich schon mal dabei bin ... die Kurzen heißen schließlich so, weil sie in Sekunden weg sind. Ich bestelle mir schonmal ein Bier."

Als alle Getränke so weit waren, hatten Luke und Takara es geschafft, einen Tisch zu ergattern, der groß genug für die Gruppe war. Rudy belegte sofort den Stuhl neben Zac, indem er seine Jacke über die Lehne hängte, und hoffte, das Manöver sah nicht allzu offensichtlich aus. Dann ging er zurück zur Bar, um beim Tragen zu helfen.

Es dauerte eine Weile, genug Limettenscheiben für den Tequila zusammenzubekommen und alle Gläser zum Tisch zu transportieren. Sobald alle saßen, machte der Salzstreuer die Runde.

„Muss ich Salz dazu nehmen?", grummelte Zac.

„Es lohnt nicht, mit Luke darüber zu diskutieren", sagte Rudy.

„Ja, das Salz ist ein unverzichtbarer Bestandteil der Tequila-Erfahrung", bestätigte Luke entschieden.

Zac verdrehte die Augen, streute jedoch widerspruchslos etwas Salz zwischen Daumen und Zeigefinger seiner linken Hand.

„Okay. Sind alle soweit?", fragte Luke.

„Also dann." Gina hob ihr Glas. „Frohe Weihnachten, Leute! Trinken wir auf ein weiteres tolles Jahr bei Rainbow Futures."

„Alle zusammen", kommandierte Luke. „Drei, zwei, eins ... runter damit!"

Rudy verzog das Gesicht, als er das Salz von seiner Hand leckte und die klare Flüssigkeit herunterkippte. *Heilige Scheiße!* Das Zeug brannte wie Feuer in der Kehle. Er hatte bisher nur einmal Tequila getrunken, und das war in einem Cocktail gewesen, weshalb er nicht vorbereitet war. Er keuchte, und seine Augen tränten.

„Limone, schnell!", forderte Zac ihn auf. „Das hilft, ehrlich."

Rudy versenkte seine Zähne in die Limettenscheibe. Obwohl er über die Säure die Nase rümpfte, trat auf jeden Fall sofort Besserung ein. Die meisten zogen ebensolche Grimassen wie er, nur Gina und Luke wirkten völlig unbewegt.

Luke wischte sich mit dem Handrücken den Mund ab. „Ahhh, genau das Richtige. Perfekt!"

„Du kannst die Limettenscheibe jetzt wieder herausnehmen." Zacs Stimme an Rudy Ohr klang warm und belustigt.

„Oh." Rudy wurde rot, als ihm bewusst wurde, dass er immer noch auf die Limone biss und wahrscheinlich aussah, als würde er mit grünen Zähnen grinsen. „Ach."

Zac schmunzelte. „Kein Fan, hm?"

„Nicht wirklich." Aber der bittere Tequila wärmte Rudys Bauch. Der Alkohol breitete sich in seinem Kreislauf aus wie ein Stromstoß, ließ ihn aufleuchten und erfüllte ihn mit Selbstbewusstsein. „Aber ich mag die Wirkung. Danke. Und Prost!" Er hob sein zweites Getränk – eine Flasche Bier – und stieß mit Zacs Bierflasche an.

„Prost."

Rudy wollte Zacs Aufmerksamkeit unbedingt halten und zermarterte sich das Hirn auf der Suche nach einem guten Gesprächsthema. Ja, es war öde, über den Job zu reden, aber es war nun einmal das Naheliegendste – das Einzige, was sie verband. „Also, wie fandest du deinen ersten Monat bei Rainbow Futures?"

„Ziemlich gut. Wie lange arbeitest du schon hier?"

„Etwas über ein Jahr. Ich habe direkt nach meinem Abschluss angefangen."

Während sie ihr Bier tranken, kam das Gespräch in Gang. Aber jedes Mal, wenn Rudy versuchte, etwas mehr über Zac herauszufinden, stellte der ihm eine andere Frage und brachte Rudy dazu, weiterzureden, während Zac nur zuhörte. Als ihre Flaschen leer waren, hatte Rudy immer noch das Gefühl, mit einem Fremden zu reden ... einem sehr netten Fremden mit wunderschönen Augen. Sie waren so dunkel, dass man kaum Iris und Pupille unterscheiden konnte. Als Rudy merkte, dass er Zac anstarrte, blinzelte er und wandte hastig den Blick ab. Er hob seine Flasche, um einen Schluck zu trinken, aber sie war bereits leer. Verlegen stellte er sie wieder auf den Tisch.

In diesem Moment stand Luke auf und fragte: „Wer will noch einen Tequila?" Perfektes Timing.

Einige lehnten dankend ab, aber Erik, Takara und Zac signalisierten Zustimmung.

„Oh, na gut." Rudy gab Luke grünes Licht. Das Zeug schmeckte furchtbar, aber er fühlte sich leichter als sonst, gesprächiger und selbstsicherer. Seine übliche Schüchternheit schien verflogen.

Zac saß neben ihm, sprach mit ihm – oder stellte Rudy

zumindest Fragen. Unter dem Tisch berührten sich beinahe ihre Knie, und die wenigen Zentimeter Abstand waren Rudy so intensiv bewusst wie ein unsichtbares Kraftfeld. Er hätte Zac so unheimlich gern berührt.

Zwei Tequilas später hatte Rudys verbaler Filter sich in Nichts aufgelöst.

Zac erzählte gerade davon, wie er mit sechzehn die Schule geschmissen hatte, aber später aufs College zurückgegangen war.

Rudy bekam die Details nicht wirklich mit. Er war zu sehr damit beschäftigt, Zacs Gesicht anzustarren. „Du hast echt schöne Augen", sagte er plötzlich verträumt.

Zac lachte leise. „Du bist betrunken. Aber danke."

Rudy runzelte die Stirn und überlegte. „Ja, ich bin wohl betrunken. Aber deine Augen sind auch schön, wenn ich nüchtern bin. Das ist mir gleich aufgefallen, als ich dich zum ersten Mal gesehen habe. Ich hab's bisher nur nicht gesagt."

Zac grinste ihn breit an, und Rudy Herz setzte für einen Schlag aus. Er hatte Zac bislang kaum je lächeln sehen, und die Ausstrahlung dieses 1000-Watt-Grinsens traf ihn wie ein Schlag gegen die Brust.

Zac beugte sich zu ihm. Dabei berührten sich ihre Knie ganz leicht, und in Rudys Adern sprühten Funken. „Ich bin auch ein bisschen betrunken", verriet Zac in verschwörerischem Ton. „Du bist süß. Und du hast schöne Lippen."

„Wirklich?" Rudys Hand schoss zu seinem Mund, als hätte sie keinerlei Verbindung mit seinem Gehirn. Er fuhr mit der Fingerspitze über seine Lippen. Zac folgte der Bewegung mit seinen Augen, die noch dunkler zu werden schienen.

„Ja, wirklich. Sie sind hübsch geformt für einen Mann, und sehr rot."

Rudy leckte sich nervös über besagte Lippen. „Ich ... äh ... wow." Er rutschte auf seinem Stuhl umher und stellte fest, dass er einen Ständer hatte. Wann war das passiert?

Zacs Blick wanderte hinab in Rudys Schoß, dann schaute er ihm wieder in die Augen, und Rudy *wusste*, dass Zac *wusste*, dass er einen Harten hatte. Rudy hatte einen Harten bekommen, weil Zac ihm gesagt hatte, er hätte schöne Lippen – und wie peinlich war das?

Aber Zac schien es nichts auszumachen. Stattdessen fragte er: „Willst du noch einen Tequila?"

Rudy hatte den Verdacht, an einem Punkt angelangt zu sein, an dem mehr Alkohol eher unklug war. Aber seine Entscheidungsfähigkeit schien genauso beeinträchtigt zu sein wie sein verbaler Filter, denn er nickte. „Ja, bitte."

Ihre Gruppe hatte es aufgegeben, Runden zu bestellen, denn inzwischen tranken alle unterschiedliche Getränke in unterschiedlichem Tempo. Also ging Zac nur für sie beide Tequila holen.

Sobald Zac den Tisch verlassen hatte, beschloss Rudy, dass er pinkeln musste. Er stand auf und schwankte leicht. *Ups.*

Zum Glück war die Herrentoilette nicht weit weg. Er fädelte sich durch die Menge und drückte die Tür zu den Klos ein wenig zu heftig auf. Sie knallte gegen die Wand.

Nochmal ups.

Als er am Pissoir stand, war sein Schwanz immer noch ein bisschen steif, und er brauchte eine Weile zum Pinkeln. Die kühlere Luft im Waschraum half ihm, einen etwas klareren Kopf zu bekommen. Sein Mund war vom Alkohol ausgetrocknet, und nachdem er sich die Hände gewaschen hatte, trank er ein paar Schlucke Wasser. Als er sich mit dem Handrücken den Mund abwischte, fiel sein Blick auf sein Spiegelbild. Er versuchte, sich mit Zacs Augen zu sehen.

Groß und schlaksig, zu dünn, mit schlaffem, ärgerlich lockigem Haar, das nicht blond genug war, um interessant zu sein. Er rümpfte die Nase über sich selbst. Dann schürzte er die Lippen wie eine Ente, worüber er schnaubend lachen musste. Zac musste betrunkener sein, als er gedacht hatte.

Auf dem Weg zurück zum Tisch, war Rudy schon ein wenig sicherer auf den Füßen. Zac war bereits wieder da und wartete auf ihn – mit zwei Kurzen, zwei Limettenscheiben und einem Lächeln, bei dem Rudy ganz weiche Knie bekam.

Dieses Mal ignorierte Rudy das Brennen, als er den Schnaps schluckte. Tequila war super. Alles war super. Er mochte seine Kollegen, und es war der beste Abend überhaupt.

Rudy verlor sich so sehr in den Gesprächen und dem Lachen, dass er gar nicht merkte, wie die Zeit verging. Er akzeptierte weitere Drinks von weiteren Leuten – sie gingen leicht herunter. Warum machte Alkohol nur so durstig?

Zac war da, eine konstante Präsenz an seiner Seite, und manchmal war er Teil von Rudys Unterhaltungen, manchmal nicht. Aber Rudy war sich seiner Gegenwart die ganze Zeit über bewusst, und er spürte ein leichtes, aufgeregtes Kribbeln unter seiner Haut, wie elektrischer Strom.

Irgendwann entschuldigten sich die ersten Kollegen

und gingen heim. Gina und Caz, ein weiterer Kontaktarbeiter, gingen als Erste, kurz darauf gefolgt von Erik.

Takara und Sam – der junge Typ, der für die allgemeine Verwaltung zuständig war – waren die Letzten, abgesehen von Rudy und Zac. Sie saßen auf der anderen Seite des Tisches und waren intensiv ins Gespräch vertieft. Rudy bemerkte, dass Takara immer wieder Sams Knie berührte. Sam hatte ganz rote Wangen, und schien außer ihr nicht mehr zu sehen oder zu hören.

RUDY WANDTE seine Aufmerksamkeit wieder Zac zu, der gerade über *Sherlock* redete.

„... ich glaube wirklich, die Drehbuchschreiber werden es machen. Sie werden aus Sherlock und Watson ein Paar machen. Da sind so viele Anspielungen; es läuft alles darauf hinaus. Anders geht es gar nicht." Er sprach mit eindringlicher Stimme und betonte seine Worte mit Gesten.

Rudy hatte Zac noch nie so lebhaft gesehen. Es war faszinierend, diese Seite von ihm zu erleben. Er konnte dem Gespräch nicht viel hinzufügen, da er *Sherlock* noch nicht gesehen hatte, aber er hörte zu und beobachtete Zacs Hände und seine Augen und einfach alles. Gott, er sah toll aus.

Als Zac eine Pause machte, um einen Schluck zu trinken – die Flüssigkeit in seinem Glas sah aus wie Cola – schaute Rudy sich erneut am Tisch um. Die anderen Stühle waren leer, und Takaras Mantel war ebenfalls weg.

„Wo sind die beiden hin?", fragte Rudy.

„Oh, sie sind vor zehn Minuten gegangen. Händchen haltend", antwortete Zac grinsend.

Rudy würde es nie müde werden, ihn lächeln zu sehen.

„Hm. Ich dachte immer, Sam wäre schwul. Sonst hatte er immer Boyfriends."

„Ich dachte, Takara wäre lesbisch."

„Nein, sie ist bi."

„Tja, dann ist Sam sexuell wohl flexibler, als du dachtest."

Rudy erinnerte sich daran, wie Sam Takara vorhin angesehen hatte. Hitze stieg ihm in die Wangen, als er erkannte, dass er Zac wahrscheinlich den ganzen Abend über genauso angehimmelt hatte. „Scheint so."

Zac richtete sich in seinem Stuhl auf, streckte die Arme über den Kopf und gähnte. Rudy bewunderte seine breiten Schultern und das Schwellen der Bizeps, als Zac sich reckte. „Ich bin müde. Wir sollten den Abend wohl besser beenden; schließlich müssen wir morgen arbeiten."

„Ja. Okay." Rudy versuchte, sich seine Enttäuschung nicht anmerken zu lassen. Er wollte nicht, dass dieser Abend endete. Der Raum schien in Schieflage zu geraten, als Rudy aufstand. Er schwankte ein wenig.

„Alles okay bei dir?" Zac legte Rudy eine Hand auf den Arm, um ihn zu stützen.

„Ja, ja, alles gut." Rudy riss sich zusammen und zog seinen Mantel an. Er bekam das schon hin. Die frische Luft draußen würde helfen.

Zac behielt seine Hand an Rudys unterem Rücken, während sie sich ihren Weg durch die volle Kneipe zum Ausgang erkämpften. Die schützende Geste verschaffte Rudy einen wohligen Schauer, auch wenn er wusste, dass es nicht wirklich diese Art von Berührung war. Zac wollte ihn nur am Stolpern hindern. Aber der Gedanke, dass andere Leute es sahen und sie für ein Paar hielten, war aufregend.

Die Luft draußen war frostig, aber anstatt ihm einen klaren Kopf zu verschaffen, schien die Kälte Rudys Gedanken nur noch mehr verschwimmen zu lassen. Sie gingen zur Straßenecke, aber Rudy torkelte leicht und musste anhalten, um sich einen Moment lang gegen die Wand zu lehnen. Er sah hinauf zum Himmel, wo hinter dem orangefarbenen Dunst von Bristols Straßenbeleuchtung ein paar Sterne sichtbar waren. Plötzlich überkam ihn Sehnsucht wie eine Flutwelle.

Ich wünschte ...

„Was tust du da, Rudy?"

Zacs Stimme war sehr nah, und als Rudy den Kopf wieder senkte, stand Zac direkt vor ihm.

„Ich mag dich wirklich", sagte Rudy ernsthaft. „Ich meine ... ich mag dich nicht nur einfach. Ich mag dich wirklich *unheimlich gern.*"

Zacs Augen waren dunkel und sein Blick in dem dämmerigen Licht schwer zu deuten. „Du kennst mich doch gar nicht."

„Aber ich würde dich gern kennenlernen."

Zac lächelte ihn an. „Du bist süß."

„Ich bin älter als du. Du kannst mich nicht süß nennen." Rudy schmollte ein wenig.

„Nur zwei Jahre. Und ich kann. Weil es wahr ist."

Rudy schnaubte. „Du bist betrunken."

„Nicht so betrunken wie du." Zac schmunzelte.

„Stimmt." Es entstand ein langer Moment des Schweigens. Rudy konnte jeden einzelnen Schlag seines Herzens fühlen. Die Worte platzten einfach aus ihm heraus. „Ich würde dich wirklich wahnsinnig gern küssen."

Mehr Schweigen. Als Zac schließlich einen Schritt näher kam, schwankte Rudy zwischen Hoffnung und Furcht.

„Das ist keine gute Idee." Zac sprach ganz leise, aber er war jetzt ganz nah, und Rudy hatte keine Schwierigkeiten, ihn zu hören.

„Das ist mir egal." Er griff nach Zac und packte unbeholfen dessen Hüften, um ihn noch näher zu ziehen.

Zac seufzte. Sein Atem wehte warm und nach Limone duftend über Rudys Gesicht, bevor ihre Lippen sich berührten.

Rudy war ein wenig verhalten, aber nicht Zac. Er legte eine Hand an Rudys Wange und drehte Rudys Kopf, sodass ihre Münder perfekt zusammenfanden. Zacs Lippen waren weich, aber an dem Kuss selbst war nichts Weiches. Der Kuss war heiß und fordernd und alles, was Rudy sich erträumt hatte, wie ein Kuss von Zac sein würde. Er spürte den Kuss in jeder Zelle seines Körpers. Unwillkürlich krümmten sich seine Zehen. Seine Hände packten Zac fester – ein Reflex, den er nicht kontrollieren konnte – und ein warmes Kribbeln durchfuhr seinen Körper. Wie ein Kuchen, der im Backofen aufgeht.

Es war Erregung, ja … aber mehr als das: Er fühlte solche Leichtigkeit, überwältigende Freude und ein Glücksgefühl, dass ihm ganz schwindelig wurde. Rudy überraschte sich selbst, indem er einen leisen Lustlaut von sich gab und den Kuss vertiefte.

Aber dann geriet alles außer Kontrolle – das wunderbare Gefühl verwandelte sich unversehens in etwas vollkommen anderes und weit weniger angenehmes. Er schob Zac abrupt weg und sah noch den überraschten, gekränkten Ausdruck in dessen Gesicht. „Scheiße, tut mir leid …“, war alles, was er noch herausbrachte. Dann drehte er sich um und erbrach sich auf den Asphalt. Und auch ein bisschen auf seine Schuhe.

In seinem Elend bemerkte er Zacs Hand zunächst nicht. Aber als die Übelkeit nachließ und er aufhörte zu würgen, wurde er sich des behutsamen Tätschelns auf seinem Rücken bewusst, gefolgt von tröstendem Streicheln.

„Fertig?“ Zacs Stimme war freundlich.

Ruby brachte irgendetwas zwischen einem Stöhnen und einem Wimmern zustande. „Gott, es tut mir so leid. Ich fasse es nicht, dass ich das gerade getan habe.“ Er richtete sich auf und wischte sich mit dem Handrücken über den Mund.

„Schon gut. Das kann jedem passieren. Lass mich raten – du trinkst nicht oft Tequila?“

„Nein.“ Rudy ließ den Kopf hängen, um Zac nicht in die Augen sehen zu müssen.

„Wie kommst du nach Hause?“

„Zu Fuß. Ich wohne nur zwanzig Minuten von hier.“

Zac musterte ihn einen Moment lang. „Du siehst echt scheiße aus“, erklärte er kategorisch. „Ich bringe dich nach Hause.“

„DAS IST NICHT NÖTIG … wirklich.“ Rudy schämte sich schon genug; Zac sollte nicht auch noch auf ihn aufpassen müssen.“ „Ich schaffe das schon.“

Aber Zac nahm seinen Arm. „Keine Widerrede. Wo geht's lang?"

Es war schön, dass Zac ihn wieder anfasste. Und um ganz ehrlich zu sein, war Rudy immer noch etwas wackelig auf den Beinen. Vielleicht war es doch besser so ... und er konnte Zac danach ein Taxi spendieren, das ihn wieder nach Hause brachte. „Da lang." Er zeigte mit dem Finger in die Richtung.

„Na, dann komm."

Eine Zeitlang gingen sie in einvernehmlichem Schweigen. Rudy spielte immer wieder den Kuss in seinem Kopf ab. Er war so perfekt gewesen ... und dann plötzlich nicht mehr.

Verdammter Tequila.

Das Zeug hatte alles ruiniert. Aber ohne den Tequila hätte Rudy sich erst gar nicht getraut, einen Annäherungsversuch zu machen. Und ohne Tequila hätte Zac ihn wahrscheinlich auch gar nicht küssen wollen.

Rudy seufzte schwer. „Es tut mir leid", sagte er erneut. „Ich komme mir wie ein Idiot vor."

„Ist schon gut, ehrlich."

Zacs Ton war ein wenig abweisend, und Rudy schämte er nur noch mehr. Der Zauber von vorhin war endgültig verschwunden.

DREI

Zac empfand Mitgefühl für Rudy, das tat er wirklich. Aber er wusste nicht, was er sonst noch hätte sagen können, damit Rudy sich besser fühlte. Er fand es nicht schlimm, dass Rudy sich erbrochen hatte. Ehrlich gesagt, war er sogar ein bisschen dankbar dafür, dass das passiert war, denn es hatte eine Sache beendet, die definitiv eine schlechte Idee war.

Zac bereute bereits den Impuls, der ihn veranlasst hatte, auf Rudys tollpatschige Annäherungsversuche einzugehen. Rudy war süß, aber Zac hätte ihn nicht küssen dürfen. Sie arbeiteten zusammen; sowas war immer eine schlechte Idee.

Zac war nicht auf der Suche nach einer Beziehung, und er lebte fest nach dem Grundsatz, nicht da zu schei-ßen, wo er aß. Er hatte den schweren Verdacht, dass Rudy der Typ Mensch war, der mehr wollen würde, wenn sie erst einmal etwas miteinander angefangen hatten. Und mehr konnte Zac ihm nicht geben.

Den Rest des Weges gingen sie in peinlichem Schweigen. Rudy war so unglücklich und elend zumute, dass es geradezu in Wellen von ihm abstrahlte, und Zac fühlte sich schuldig. Genau deshalb fing er nie etwas mit Kerlen an, die er kannte, und schon gar nicht mit Arbeitskollegen.

Verfluchter Tequila.

Er runzelte die Stirn und ballte die Hand in den Hosentaschen zur Faust. Je eher er Rudy zuhause ablieferte und die Flucht ergreifen konnte, umso besser. Morgen konnten sie dann einfach so tun, als wäre nie etwas passiert.

Als Rudy ihn einen gepflegten Weg zu einer ordentlich lackierten Haustür entlangführte, fragte Zac: „Hier wohnst du?" Er hatte eine eher heruntergekommene Bleibe erwartet, so wie seine eigene. Oder zumindest ein altes Haus, das Rudy sich mit anderen teilte, so wie es viele Studenten in dieser Stadt machten. „Bist du Untermieter oder sowas?"

„Das Haus gehört meiner Tante, aber sie wohnt jetzt bei meinen Eltern." Rudy drehte den Schlüssel im Schloss, und es klickte leise.

„Du hast ein ganzes Haus für dich allein?" Zac war beeindruckt und mehr als nur ein bisschen neidisch.

„Es ist eine Erdgeschosswohnung, aber ja, ich wohne allein hier." Rudy betätigte einen Schalter. Licht flutete durch einen kleinen Flur.

„Nicht schlecht." Zac hörte den bitteren Unterton in seiner eigenen Stimme. Er versuchte nicht einmal, ihn zu unterdrücken.

Rudy warf ihm einen Blick zu, der Zac verriet, dass ihm sein Ton aufgefallen war. „Ich zahle ganz normal Miete", rechtfertigte sich Rudy. „Und ich hatte eine Mitbewohnerin, aber sie ist kürzlich zu ihrem Freund gezogen."

Zac zuckte die Achseln. Es ging ihn nichts an. Er folgte Rudy in ein gemütliches Wohnzimmer mit einem alten, aber bequem aussehenden Zweisitzer-Sofa und einem Sessel, beides bezogen mit altmodisch geblümtem Stoff.

Rudy warf seinen Mantel über die Rückenlehne des Sessels. „Ich muss mir die Zähne putzen und mich sauber machen. Ich fühle mich eklig. Danke fürs Heimbringen."

Seine Wangen waren knallrot. Er sah aus, als wünschte er sich, der Erdboden möge sich auftun und ihn verschlucken.

Erneut überkamen Zac Schuldgefühle. „Ist schon gut. Alles halb so wild, ehrlich." Er versuchte, sanfter zu klingen, was ihm seltsam vorkam. Zac war es gewohnt, sich hart und unnahbar zu geben, um sich zu schützen. „Wenn du sicher bist, allein zurechtzukommen, dann rufe ich mir jetzt ein Taxi. Wie lautet deine Adresse?"

„Mill Road sechsundzwanzig. Und das Taxi zahle ich", antwortete Rudy entschieden.

Zac beschloss, Rudy ein bisschen Würde zurückzugeben und das Angebot anzunehmen. „Okay. Danke."

Sobald Rudy ihn allein gelassen hatte, holte Zac sein Telefon heraus und wählte die Taxinummer. Als er mit der Zentrale sprach, sagte man ihm, es würde etwa eine Stunde dauern, bevor sie einen Wagen schicken konnten.

Ach, verdammt. „Okay, danke. Dann versuche ich es woanders."

Das zweite Taxiunternehmen sagte etwas von fünfzig Minuten, das dritte schätzte wiederum eine Stunde Wartezeit.

Zu Fuß würde es von hier aus etwa genauso lange dauern. Aber es war nach Mitternacht, und Zac war erledigt. Er hatte keine weiteren Taxinummern in seinem Telefon gespeichert, also googelte er andere.

Rudy schlurfte zurück ins Wohnzimmer, mit zwei Gläsern Wasser in den Händen. Er hatte sich umgezogen – er trug jetzt eine karierte Schlafanzughose, die ihm tief auf den Hüften saß, und ein uraltes Superman-T-Shirt. Die Ironie dessen angesichts von Rudys magerer Gestalt entging Zac nicht. Und dass ihm erneut Begriffe wie *süß* und *liebenswert* durch den Kopf schossen, löste in ihm einen starken Fluchtimpuls aus. Und hatte er Rudy nicht früher am Abend laut als süß bezeichnet? Er hätte sich wirklich an Bier halten sollen.

Rudy reichte Zac eines der Gläser. „Schon Glück gehabt?"

„Überall eine Stunde Wartezeit. Da kann ich auch zu Fuß nach Hause gehen."

Rudy sah entsetzt aus. „Ach, Scheiße. Tut mir leid. Das ist alles meine Schuld. Hör zu, warum schläfst du nicht einfach hier?"

„Ich glaube nicht, dass –"

„Bitte. Ich fühle mich furchtbar wegen allem, was heute Abend passiert ist. Es ist schon schlimm genug. Gib mir nicht noch mehr Grund, mich mies zu fühlen."

Rudy grinste ihn hoffnungsvoll an. Zacs Widerstand zerbröselte. Sich hier hinzuhauen wäre auf jeden Fall tausendmal angenehmer, als eine Stunde mitten in der Nacht draußen herumzulaufen. Er würde in den gleichen Sachen zur Arbeit gehen müssen, die er am Vortag getragen hatte. Und wenn schon. Damit konnte er leben. „Okay", stimmte er zu. Rudys Grinsen wurde breiter. „Wenn du ein Gästezimmer hast?"

„Oh. Äh ..." Rudys Grinsen erstarb ein wenig und machte einer besorgten Miene Platz. „Scheiße, ja, ich habe eins. Aber da steht kein Bett drin. Das hatte ich damals entsorgt, weil meine Mitbewohnerin ihr eigenes Bett mitbrachte. Aber das macht nichts. Du kannst mein Bett haben, und ich schlafe auf dem Sofa. Das ist das Mindeste, was ich tun kann."

Zac starrte das Zweisitzer-Sofa an, dann Rudy. Er hob die Brauen. „Falls du nicht zusammengerollt wie eine Katze schläfst, dann funktioniert das auf keinen Fall, Mann. Ich sollte das Sofa nehmen. Ich bin kleiner als du."

Zac hatte in seinem Leben schon weitaus unbequemer geschlafen. Eigentlich würde ihm der Fußboden und eine Decke völlig ausreichen.

„Nein." Rudy runzelte dickköpfig die Stirn. „Ich habe dir für einen Abend schon genug Unannehmlichkeiten gemacht. Du nimmst mein Bett. Ende der Diskussion."

Zac blinzelte – so kannte er Rudy gar nicht. Aber Zac konnte ebenfalls dickköpfig sein. „Dann teilen wir uns dein Bett ... wenn es breit genug ist?" Rudy nickte. Seine Wangen röteten sich erneut, und der hoffnungsvolle Blick entging Zac keineswegs. Er beschloss, dass es besser war, keine Zweifel aufkommen zu lassen, und fügte hinzu: „Aber wir teilen das Bett rein platonisch. Können wir den Kuss auf den Tequila schieben und einfach vergessen?"

„Oh. Äh, ja. Natürlich."

Rudy war ein offenes Buch. Die unverfälschte Enttäuschung in seinem Gesicht gab Zac ein Gefühl, als hätte er gerade einen Hundewelpen getreten. Aber er ignorierte seine Schuldgefühle und auch den noch beunruhigenderen Impuls nachzugeben. Nun, da Rudy nach Zahnpasta roch anstatt nach Kotze und wieder halbwegs nüchtern wirkte, wollte Zac ihn plötzlich noch einmal küssen. Es war ein schöner Kuss gewesen, und in seinem Kopf hörte er immer noch das leise Stöhnen, das Rudy von sich gegeben hatte, bevor alles den Bach heruntergegangen war. Das würde er gern noch einmal hören. Und er würde gern herausfinden, was für Laute er mit seiner Zunge und seinen Lippen noch aus Rudy herauslocken konnte.

Zac verdrängte all diese Impulse und sperrte sie in seinem Inneren weg. Dass Rudy ihm so unter die Haut ging, war ihm unangenehm.

„Ich bin echt müde", sagte er. „Kann ich dein Bad benutzen? Ich muss wirklich schlafen."

Rudy zeigte Zac, wo das Schlafzimmer war, dann führte er ihn zum Badezimmer am Ende des Flurs. Er hatte keine Zahnbürste in Reserve, als behalf Zac sich, so gut es ging, mit den Fingern und spülte sich gründlich den Mund aus. Als er zum Schlafzimmer zurückkehrte, war Rudy bereits im Bett. Das Superman-Shirt war sichtbar, wo seine Arme aus der Bettdecke lugte, aber die Schlafanzughose lag auf dem Boden. Gut. Zac hatte keine Lust, in seiner Jeans zu schlafen.

Während er sich auszog, war er sich durchaus bewusst, dass Rudy ihn beobachtete. Es machte ihm nichts aus. Er arbeitete hart daran, gut auszusehen, und war stolz auf seinen Körper. Dass er eher kleingewachsen war, hatte ihn stets unsicher gemacht, und so hatte er eine ordentliche Menge Muskeln aufgebaut, um das wieder wettzumachen.

Als er seine Jeans ausgezogen hatte und sich wieder aufrichtete, nackt bis auf seine Boxershorts, fragte er: „Kann ich mir ein T-Shirt zum Schlafen borgen?"

Rudy starrte Zacs Unterleib an und grinste. „Wir passen zusammen."

Zac schaute nach unten und lachte schnaubend. „Ha! Ja. Ich hatte ganz vergessen, dass ich die anhabe." Königsblauer Stoff schmiegte sich eng an Zacs private Teile, und auf der Vorderseite prangte unverkennbar das Superman-Symbol. Rudys eindringlicher Blick ließ Zacs Schritt kribbeln, aber jetzt war nicht der richtige Zeitpunkt für seinen Schwanz, Interesse zu bekunden, wenn Zac sich gerade bemühte, die ganze Sache wieder zu vergessen. „T-Shirt?", fragte er erneut.

„Oh, sicher. Sorry. Zweite Schublade von unten. Such dir eins aus."

Rudy zeigte auf die Kommode. Ein Stapel Superhelden-Comics lag darauf.

Als Zac sich umdrehte und sich nach der Schublade bückte, war er sicher, dass Rudy ihm auf den Hintern starrte. Er wählte ein schlichtes, graues Shirt. Als er es überzog, stellte er erleichtert fest, dass es die Beule in seinen Boxershorts verdeckte. Dann kletterte er hastig ins Bett, bevor er sich doch noch verriet.

Sobald Zac im Bett war, streckte Rudy sich nach seinem Nachttisch und schaltete die Lampe aus. Es war stockdunkel. Mit Rudy neben sich drehte Zac sich auf den Rücken. Sie berührten einander nicht, aber er konnte Rudys Körperwärme spüren. Normalerweise hasste Zac es, sich ein Bett mit jemandem zu teilen. Er hatte gern Platz für sich, und bei den seltenen Gelegenheiten, da er nach einem One-Night-Stand jemanden bei sich übernachten ließ, fiel es ihm stets schwer, sich zu entspannen. Aber als er jetzt neben Rudy lag, fühlte es sich auf seltsame Weise okay an. Vielleicht lag auch das am Tequila.

Er fing gerade an, schläfrig zu werden, als Rudy die Stille unterbrach.

„Bist du noch wach?"

„Ja."

Rudy seufzte. „Ich sollte eigentlich müde sein. Ich weiß nicht, warum ich nicht einschlafen kann. Mir gehen tausend Dinge durch den Kopf. Zum Beispiel die ganzen Weihnachtseinkäufe, die ich am Samstag noch machen muss."

Zac wusste nicht, was er darauf antworten sollte, weil er sich damit nicht wirklich identifizieren konnte. Er nahm an, das war einer der Vorteile, wenn man keine Familie hatte. Zac kaufte für niemanden Geschenke, außer für sich selbst. Er hatte sich bereits ein paar neue Trainingsklamotten und eine DVD-Box von *Community* gegönnt. Das waren seine Weihnachtsgeschenke.

Er konnte sich nicht vorstellen, wie es war, für eine Familie Geschenke zu besorgen, aber es musste ziemlich nervig sein. Und teuer. „Musst du für viele Leute Geschenke kaufen?", fragte er. Er war neugierig, wie Rudys Familie aussah – auch wenn ihm das Thema an sich nicht gefiel.

„Ich denke schon. Lass sehen ... Mama, Papa, Großvater, Tante Ro, Natalie – das ist meine große Schwester – meine zwei jüngeren Brüder Sid und Jamie. Und dieses Jahr bringt Natalie ihren Freund Raj mit nach Hause, also muss ich für ihn auch etwas besorgen."

„Mein lieber Schwan."

„Aber ich muss nicht viel ausgeben. Wir haben einen

Pakt, unter einem Zehner pro Person zu bleiben – außer Mama und Papa. Die sind davon ausgenommen, weil sie sowieso jedes Jahr mogeln, und wir haben es aufgegeben, sie davon abhalten zu wollen. Mama kann einfach nicht anders."

In Rudys Stimme schwang Humor und Zuneigung mit, und Zac spürte wehmütigen Neid in seinem Herzen, als würde es von einem Eiszapfen durchbohrt. „Wohnt deine Familie in der Nähe?"

„Mehr oder weniger. Sie wohnen in Devon. Ich fahre über Weihnachten heim." Und dann stellte Rudy die unvermeidliche Frage, vor der es Zac gegraut hatte. „Und du? Was hast du Weihnachten vor?"

„Nicht viel." Zac versuchte, ganz normal und ungerührt zu klingen. „Ich bleibe einfach hier in Bristol und entspanne mich."

„Mit Freunden? Oder hast du Familie hier?"

Zac schluckte den dummen, verräterischen Kloß in seiner Kehle herunter. Rudy sollte verflucht sein dafür, dass er seinetwegen so sentimental wurde. Es war für Zac okay gewesen, Weihnachten allein zu verbringen. Das war es immer noch. Es hatte sich nichts geändert. „Nö. Ich hänge einfach nur allein zuhause ab. So mache ich es immer. Ich bin nicht gerade der geselligste Mensch, falls du das noch nicht gemerkt haben solltest."

In der Stille, die seiner Antwort folgte, konnte Zac beinahe hören, wie sich in Rudys Gehirn die Zahnräder drehten. Innerlich flehte er: *Lass es gut sein. Frag nicht weiter. Bitte.*

Sie lagen schweigend nebeneinander.

Aber Rudy ließ es natürlich nicht gut sein. Für jemanden, der sonst so schüchtern war, konnte er verblüffend hartnäckig sein.

„Macht es deiner Familie gar nichts aus, dich nicht zu sehen? Meine Mama würde ausflippen, wenn ich nicht käme – außer ich hätte einen wirklich guten Grund."

Zac knirschte mit den Zähnen und nahm einen sehr bewussten Atemzug. „Ich habe keine Familie." Er hasste, dass seine Stimme so belegt klang.

Die Stille war nun geradezu ohrenbetäubend. Dann sagte Rudy: Was ... du meinst, *gar* keine?"

„Nein." Der Eiszapfen in Zacs Herz war wieder da, bohrte sich tiefer hinein.

Vielleicht spürte Rudy die „Lass gut sein"-Vibes, die Zac ausstrahlte, denn er hörte endlich, endlich auf, ihn zu verhören. Aber die Fragen, die er nicht stellte, hingen über ihnen in der Luft wie eine zu schwere Decke, die Zac das Atmen schwer machte.

Rudy blieb so lange still, dass Zac dachte, er wäre eingeschlafen. Deswegen war er absolut nicht darauf vorbereitet, als Rudy plötzlich herausplatzte: „Du solltest mitkommen, wenn ich zu meiner Familie fahre ... nur als Kumpel natürlich. Meine Eltern hätten nichts dagegen. Sie haben gern zusätzliche Gäste an Weihnachten, und es gibt sowieso immer viel zu viel zu essen."

Zacs erster Impuls war, die Einladung auf der Stelle abzulehnen, aber er kam gar nicht zu Wort. Rudy redete weiter und stolperte vor Aufregung beinahe über seine eigenen Worte.

„Es ist immer ein ziemliches Chaos im Haus, aber wenn dir das nichts ausmacht – oh, und sie haben einen Hund und Katzen! Falls du also allergisch bist, könnte das ein Problem sein ..."

„Rudy!", fiel ihm Zac ins Wort. Er hatte wirklich Nein sagen wollen, aber irgendwie brachte er das Wort nicht heraus. Vielleicht war es die Aussicht auf das Familien-Weihnachten, das er nie gehabt hatte. Oder vielleicht verlockten ihn die Haustiere – etwas, das er ebenfalls nie gehabt hatte, und er liebte Tiere, besonders Katzen. Oder vielleicht lag es einfach nur an den Resten von Tequila in seinem Blut, die sein Urteilsvermögen beeinträchtigten.

Oder es war Rudy, der irgendwie das Kunststück zu beherrschen schien, Zacs Abwehr zu überwinden. Was immer es auch war, Zac überraschte sich selbst, als er sagte: „Okay."

Sofort wünschte er sich, er könnte es zurücknehmen.

„Oh mein Gott, wirklich?" Rudy klang so überrascht, es war beinahe lustig. Aber er klang auch aufgeregt und erfreut.

Zac seufzte resigniert. „Ja, ich komme mit."

Rudys Seufzer war einer des Glücks. „Das ist super! Ich rufe gleich morgen meine Mama an und sag's ihr."

Und damit rollte Rudy sich auf die Seite, mit dem Rücken zu Zac, und innerhalb von Minuten signalisierte sein gleichmäßiger Atem, dass er eingeschlafen war.

Zac lag da und lauschte dem Geräusch gefühlt mehrere Stunden lang, während er sich fragte, was zum Henker gerade passiert war.

VIER

Das schrille *Biep-Biep-Biep* seines Weckers zerrte Rudy am nächsten Morgen in einen widerwilligen Wachzustand. Er streckte den Arm aus und tastete blindlings umher, bis er die Schlummertaste gefunden hatte.

Noch fünf Minuten.

Sein Kopf tat weh, und er hatte Sodbrennen. Was zum Henker hatte er gestern Abend getrunken? Er kuschelte sich wieder unter die Decke, dann gab er ein leises Quieken von sich, als seine Knie gegen einen anderen Körper stießen und ein protestierendes Brummeln ertönte.

Scheiße.

Rudy riss die Augen auf und erblickte auf dem Kissen neben sich einen dunklen Wuschelkopf. Zac war in seinem Bett! Langsam setzte sein Gehirn die Puzzleteile seiner bruchstückhaften Erinnerung an den gestrigen Abend zusammen ... den Tequila, seine furchtbaren Flirt-Versuche, den Kuss und – *oh Gott, den Kotz-Zwischenfall*. Rudys Wangen glühten. Er war ein solcher Idiot. Kein Wunder, dass er immer Single blieb. Zac würde wahrscheinlich auch nichts mehr mit ihm zu tun haben wollen.

„Tschuldigung", murmelte Rudy und wusste selbst nicht, wofür genau er sich entschuldigte, für den Kniestoß oder für den gestrigen Abend.

Zac grummelte erneut.

Rudy lag die nächsten fünf Minuten einfach so da, in absolutem Unbehagen, sowohl körperlich als auch geistig, und wünschte sich, noch etwas schlafen zu können. Aber er schämte sich zu sehr. Als sein Wecker zum zweiten Mal losging, setzte er sich auf und schaltete ihn ab. Dann hievte er widerwillig seinen Leib aus dem Bett.

Zac zog die Bettdecke höher und kuschelte sich tiefer hinein.

„Zac", sagte Rudy leise. Und dann etwas lauter: „Zac, es ist halb sieben. Wir müssen aufstehen, sonst kommen wir zu spät zur Arbeit."

Zac brummte.

Rudy war ziemlich sicher, dass er mehr getrunken hatte als Zac. Offenbar war Zac einfach kein Morgenmensch. „Trinkst du morgens lieber Tee oder Kaffee?"

„Kaffee", kam die gedämpfte Antwort unter der Decke hervor. Dann noch ein verspätetes: „Bitte."

Rudy zog seine Schlafanzughose an und ging ins Bad. Danach stolperte er in die Küche wie ein Zombie auf der Suche nach frischem Hirn. Normalerweise trank er morgens Tee, aber eine Extraportion Koffein hörte sich heute nach einer guten Idee an. Er schaltete den Wasserkocher ein und holte den Kaffebereiter und Tassen aus dem Schrank. Außerdem steckte er zwei Scheiben Toast in den Toaster. Der Gedanke an etwas zu essen war nicht gerade verlockend, aber es würde wahrscheinlich gegen den Kater helfen.

Dann ging er zurück ins Schlafzimmer. „Ich mache Toast. Willst du auch eins? Und falls ja, was hättest du gern darauf? Ich habe Marmelade, Marmite oder Erdnussbutter."

„Iih. Alles, nur kein Marmite. Kann ich Erdnussbutter *und* Marmelade haben?"

Zacs Stimme war heiser, aber zumindest brachte er jetzt ganze Sätze zustande. Schließlich drehte er sich um und schaute Rudy aus glasigen Augen an. Selbst halbschlafend sah er scharf aus. Es war wirklich nicht fair.

„Klar." Rudy bemühte sich, über Zacs Auswahl nicht missbilligend die Nase zu rümpfen. Marmite war total lecker! Der Kerl hatte eindeutig keinen Geschmack.

„Ach." Zac setzte sich im Bett auf und fuhr sich mit den Händen durchs Haar, sodass es in alle Richtung abstand. Rudys altes, graues T-Shirt spannte über Zacs Oberkörper und betonte die definierten Brustmuskeln. „Ich muss pinkeln."

Er warf die Bettdecke zurück und krabbelte aus dem Bett. Rudy konnte nicht umhin, die enorme Beule in Zacs Boxershorts zu bemerken. Hallo, *Morgenlatte*.

Wäre Rudy gestern Abend nicht so ein hoffnungsloser Fall gewesen ... vielleicht hätte er Zacs Schwanz dann sogar anfassen dürfen. Er seufzte über die verpasste Gelegenheit und wandte sich hastig ab, um zurück in die Küche zu gehen.

Der Toaster hatte die Brotscheiben ausgespuckt, und als Rudy zum Kühlschrank ging, um die Butter herauszunehmen, rückte er automatisch den magnetischen Rahmen mit seinem Familienfoto gerade – es war letztes Jahr Weihnachten am Esstisch aufgenommen worden, und auf dem Bild trugen alle Papierhüte und prosteten der Kamera zu. Rudy erstarrte und betrachtete die lachenden Gesichter, als ein weiteres Erinnerungsbruchstück in seinem Kopf auftauchte.

Oh, mein Gott. Hatte er Zac wirklich eingeladen, Weihnachten mit seiner Familie zu verbringen, oder hatte er das nur geträumt? Nein, als die Erinnerung zurückkehrte, war Rudy ziemlich sicher, dass es wirklich passiert war. Aber das Verrückteste war, dass Zac ja gesagt hatte. Vielleicht hatte er nur zugestimmt, damit Rudy endlich die Klappe hielt, und gehofft, dass Rudy sich am Morgen nicht mehr daran erinnern würde.

„Alles klar bei dir?"

Beim Klang von Zac Stimme zuckte Rudy schuldbewusst zusammen. „Ja, sorry. Ich war gerade mit den Gedanken woanders. Ich bin heute Morgen ein bisschen beduselt." Er nahm die Butter heraus und stellte sie auf den Tisch. Wie auf Autopilot sammelte er Teller, Messer, Brotbelag und Kaffee ein. Zac stand derweil verlegen in der offenen Tür. „Setzt dich doch."

Während sie sich Kaffee einschenkten, die Toasts schmierten, aßen und tranken, wurde das Schweigen zwischen ihnen immer unangenehmer, bis Rudy es am liebsten mit dem Buttermesser zerschnitten hätte. Er hatte keine Ahnung, wo er anfangen sollte, aber in einer halben Stunde mussten sie zur Arbeit aufbrechen, und er konnte die Dinge nicht einfach so auf sich beruhen lassen. Rudy musste wissen, wo sie standen.

Hatte Zac ernsthaft vor, mit ihm zusammen Weihnachten bei seinen Eltern zu verbringen? Rudy bereute nicht, die Einladung ausgesprochen zu haben, aber er hatte Angst, hoffnungslos aufdringlich und übereifrig zu wirken. Er mochte Zac – okay, er stand auf ihn, aber das war nicht der Punkt – und der Gedanke, dass Zac Weihnachten ganz allein verbrachte, gefiel ihm gar nicht. Niemand sollte an Weihnachten allein sein, es sei denn, er wollte es *unbedingt*. Und Rudy hatte nicht den Eindruck, dass das bei Zac der Fall war. Seine Ausrede, dass er nicht sehr gesellig war, klang nach gestern Abend nicht mehr überzeugend, und seine Abwehr kam Rudy eher so vor, als würde ein bisschen zu viel protestieren.

Rudy sagte zögernd: „Also ... ähm. Wegen unserer Weihnachtspläne ...“

„Hör zu, es ist okay. Du warst betrunken. Ich weiß, dass du das nicht wirklich ernst gemeint hast. Mach dir keinen Kopf.“

„Nein! Das wollte ich gar nicht sagen.“ Rudy holte tief Luft, um seinen Mut zu sammeln. Er wollte ganz aufrichtig sein. „Ich meinte es vollkommen ernst. Okay, ich war betrunken, sonst hätte ich mich gar nicht getraut, dich zu fragen. Aber ich würde mich wirklich freuen, wenn du mitkämst.“ Er sah Zac in die dunklen Augen und beschwor ihn innerlich, ihm zu glauben. „Es wäre toll, dich besser kennenzulernen, und meine Familie hätte nicht das Geringste dagegen. Ich mag nicht daran denken, dass du an Heiligabend ganz allein bist – außer du willst unbedingt allein sein.“

Zac zuckte mit den Schultern. Er wirkte verspannt, und seine Augen blickten argwöhnisch. „Wäre nicht das erste Mal.“

Mitgefühl überwältigte Rudy, aber er wusste instinktiv, dass es ein Fehler wäre, es zu zeigen. Stattdessen zuckte er die Achseln. „Nun, das Angebot steht. Deine Entscheidung."

Zac nahm einen Bissen von seinem Toast und kaute langsam, während Rudy wartete. Er konnte beinahe hören, wie Zac im Kopf das Für und Wider abwägte. Schließlich nickte er. „Ich komme mit."

Das machte Rudy so glücklich, er konnte nicht verhindern, dass sich ein Riesengrinsen auf seinem Gesicht ausbreitete. „Super! Ich sage Mama nachher Bescheid."

Sie starrten einander einen Moment an lang, und dann lächelte Zac ebenfalls – ein wenig unsicher, aber Rudy würde nehmen, was er von Zac bekommen konnte. Sein Blick fiel auf Zacs Lippen, und ihm wurde die Brust ein wenig eng, als er an den Kuss von gestern Abend dachte. Darüber sollten sie wirklich auch reden, aber Rudy hatte Angst, Zac würde darauf beharren, dass es ein betrunkener Fehltritt gewesen war. Solange der Kuss unerwähnt blieb, konnte Rudy sich weiter Hoffnungen machen.

„Wir machen uns besser auf, wenn wir nicht zu spät kommen wollen", sagte Rudy. „Soll ich dir etwas sauberes zum Anziehen borgen?"

„Nö. Deine Hemden wären mir zu eng um die Schultern, denke ich. Ich werde einfach damit leben müssen, dass die anderen denken, ich hätte mich abschleppen lassen."

„Da wird die Gerüchteküche ganz schön brodeln." Rudy errötete bei dem Gedanken an die Vermutung, die sich den Kollegen als Erstes aufdrängen würde.

„Na ja, so ganz unzutreffend wären die Gerüchte ja

nicht, oder?" Zacs Lippen verzogen sich zu einem Schmunzeln, und das warme Leuchten in seinen Augen nährte das kleine Klümpchen Hoffnung in Rudys Brust.

„Auch wieder wahr."

ERIK GRINSTE und hob fragend die Brauen, als Rudy und Zac gemeinsam ankamen. Rudy war noch nicht bereit für irgendwelche Verhöre, also senkte er den Blick und ging schnurstracks zu seinem Schreibtisch, um seinem Computer hochzufahren. Er hatte immer noch Kopfweh, aber nach dem Kaffee und dem Fußmarsch durch die kalte Winterluft war er nicht mehr ganz so beduselt.

Er öffnete die Website, an der er gestern gearbeitet hatte. Takara hatte sie noch Korrektur gelesen, bevor sie gestern Feierabend gemacht hatten, und die Seite konnte veröffentlicht werden. Rudy wollte nur noch ein letztes Mal darüberlesen, bevor er den Upload-Button drückte.

Während er sich den ersten Text vornahm, bekam er kaum mit, wie das Büro sich füllte, bis irgendwer etwas Weihnachtsmusik anmachte und „All I want for Christmas" aus den Lautsprechern dröhnte. Abgelenkt sah Rudy auf und nahm schließlich wahr, was im Rest des Büros vor sich ging.

Wie es aussah, war Zac nicht der Einzige, der dieselben Sachen trug, mit denen er gestern Abend das Büro verlassen hatte. Takara hatte es offenbar auch nicht nach Hause geschafft. Rudy sah, wie sie und Sam sich wenig subtil anlächelten, und er fühlte einen Stich der Eifersucht. Ihr Abend war offensichtlich erfolgreicher verlaufen als seiner.

In diesem Moment piepte sein Telefon – er hatte eine WhatsApp-Nachricht von Takara.

Ist Zac gestern Abend mit zu dir nach Hause gekommen?

Rudy warf ihr einen Blick zu, und sie schmunzelte. Mit einem Seufzen fügte er sich in das Unvermeidliche. Und antwortete: *Ja.*

OMG! ERZÄHL MIR ALLES!

Da gibt's nicht viel zu erzählen.

Ich glaube dir kein Wort!

Es stimmt. Ich war betrunken. Er hat mich nach Hause gebracht, und ist dann geblieben, weil er kein Taxi bekommen konnte.

Und ...?

Ein rascher Blick zu ihr, und Rudy wusste, dass seine roten Wangen ihn verraten hatten. *Ok, wir haben uns geküsst, aber das war alles. Und ich glaube nicht, dass es irgendwas zu bedeuten hat. Was ist mit dir und Sam?*

Er lehnte sich zurück. Auf der anderen Seite des Büros flogen Takaras Finger über das Display ihres Telefons. Hoffentlich hatte er sie ausreichend vom Thema Zac abgelenkt.

Ihre Antwort traf in drei Portionen ein.

Gott, er ist hinreißend. Ich mag ihn echt.

Und bevor du fragst ... ja, wir haben gefickt. Und ich denke, wir sind sexuell SEHR kompatibel.

Er ist gern der Bottom, also ...

Bei ihrer letzten Nachricht stieß Rudy ein schnaubendes Lachen aus.

Heilige Scheiße. TMI!, schrieb er zurück.

Ich werde mich nicht entschuldigen. Wir sehen uns heute Abend wieder.

Rudy konnte sein wehmütiges Seufzen nicht unterdrücken, als er antwortete: *Ich freue mich für dich.*

Takara antwortete mit einem Smiley und einem Herzchen, dann fügte sie hinzu: *Eines Tages wird auch dein Traumprinz kommen. Oder KOMMEN.*

Das verdiente ein Augen-verdreh-Emoticon. *Ich muss jetzt arbeiten. Also hör auf, mich mit Geschichten über deine Eroberungen abzulenken.*

Aber er schenkte ihr ein Lächeln quer durchs Büro. Takara hatte dieses glückliche, aufgeregte Glühen an sich, das Leute beim ersten Aufblühen einer Romanze im Gesicht trugen. Rudy fragte sich, wann er endlich an der Reihe sein würde.

IN DER MITTAGSPAUSE GINGEN TAKARA, Sam, Erik und Caz ins Café. Rudy beschloss, im Büro zu bleiben und die letzten Handgriffe an der Website zu beenden. Er wollte die Mittagspause durcharbeiten, damit er früher gehen und auf dem Heimweg schon mal ein paar Weihnachtseinkäufe zu machen. Je weniger er morgen noch erledigen musste, desto besser.

„Soll ich dir irgendetwas mitbringen?", fragte Takara.

„Ja, ein Schinkensandwich wäre gut, danke." Sein Körper schrie geradezu nach Salz und Kohlehydraten. Zucker und Koffein konnten auch nicht schaden. „Und eine Cola."

„So schlimm, hm?" Sie schmunzelte.

Normalerweise fragte Rudy nie nach einer Cola. Er

zeigte ihr gutmütig den Mittelfinger. „Ja, ja. Sonst ist mein Körper ja ein Tempel und so. Ich gebe Luke die Schuld."

„Luke sieht auch nicht gerade munter aus, falls dir das ein Trost ist. Er hat einen Latte mit dreifach Espresso bestellt."

Rudy sah zu Lukes Schreibtisch hinüber. Der Arme saß da, das Kinn in die Hand gestützt, und starrte mit glasigem Blick auf seinen Monitor. Er sah deutlich blasser aus als sonst und hatte dunkle Ringe unter den Augen. Rudy tat es gut zu wissen, dass er nicht das einzige Tequila-Opfer war.

Als die anderen das Büro verlassen hatten, wanderte Rudys Blick unwillkürlich zur anderen Seite des Raumes, wo Zac seinen Schreibtisch hatte.

Zac sah heute viel zu frisch und gesund aus; es war geradezu unfair. Er tippte etwas. Seine Finger bewegten sich rasend schnell, und er runzelte konzentriert die Stirn. Rudy fühlte sich schwach. Vielleicht vor Sehnsucht? Vielleicht war es aber auch nur niedriger Blutzucker und sein Kater. Schwer zu sagen. Aber er war fast sicher, dass der Grund für das flaue Gefühl im Magen wenigstens teilweise Zac war. Bei der Erinnerung an ihren Kuss gestern Abend – als Zacs intensive Konzentration ganz und gar Rudy gegolten hatte, wenn auch nur für einen flüchtigen Augenblick – überkam das Verlangen ihn in heftigen Wellen.

Ach, verdammter Tequila ...

Zac lehnte sich in seinem Stuhl zurück. Offenbar war er fertig mit dem, was gerade schrieb. Hastig wandte Rudy den Blick ab. Er wollte nicht von Zac dabei erwischt werden, dass er ihn anstarrte wie ein liebeskranker Trottel.

Eine Weile später wurde Rudy von einem Räuspern aus seinen Gedanken gerissen. Er hatte sich erneut so in die Arbeit vertieft, dass er nicht bemerkt hatte, wie Zac herübergekommen war.

Zac stand neben Rudys Schreibtisch und wirkte ungewöhnlich verlegen. „Also ... äh, ich habe mir überlegt, dass wir unsere Telefonnummern tauschen sollten. Damit wir diese ganze ...“ – er wedelte unbestimmt mit den Händen – „Weihnachts-Sache besprechen können.“

Ein kurzer Blick in die Runde zeigte Rudy, dass das Büro noch immer verlassen war. Dennoch dämpfte Zac die Stimme, als hätte er Angst, jemand könnte lauschen.

„Oh ja, gute Idee.“ Daran hätte Rudy heute Morgen selbst denken müssen.

Sie tauschten ihre Telefone und tippen die Nummern ein. Als sie sie wieder zurücktauschten, berührten sich ihre Finger, und Rudy spürte sofort wieder das aufgeregte Flattern im Magen.

Ruhig, Brauner. Du hast es sowieso schon falsch angefasst – oder vielmehr, gar nicht angefasst. Und du wirst ihn wahrscheinlich auch nie wieder anfassen. Er musste ein sarkastisches Lachen unterdrücken.

„Wann fahren wir los? Und wie weit ist es?“

Gott, er hatte Zac wirklich keinerlei nützliche Informationen gegeben, oder? Der arme Kerl hatte keine Ahnung, worauf er sich eigentlich eingelassen hatte.

„Morgen Nachmittag. Ich nehme den Zug, aber ich habe noch keine Tickets gebucht, also können wir zusammen fahren. Es wird allerdings höllisch voll sein. Die Fahrt dauert nur eine Stunde, sie wohnen nicht weit entfernt von Exeter. Es ist ein altes Bauernhaus, und die

Heizung ist nicht die modernste. Pack also warme Sachen ein.“

„Okay.“ Zac zögerte einen Moment, und seine Stirn legte sich in Falten. „Sollte ich Geschenke für deine Familie mitbringen?“

„Oh Gott, nein. Es sind viel zu viele Leute. Das würden sie niemals erwarten. Aber etwas, dass man miteinander teilen kann, wäre vielleicht nett – sowas wir Schokolade oder Wein? Meine Familie mag beides. Ein bisschen zu sehr gelegentlich.“ Rudy grinste und war froh, als Zac mit einem kleinen Lächeln antwortete.

„Cool. Danke für den Vorschlag.“

Rudy nahm sich vor, auch für Zac ein Geschenk zu besorgen – nur für den Fall, dass Zac ihm etwas schenken würde.

Genau in diesem Augenblick erklangen draußen auf dem Flur Stimmen ... die anderen waren zurück. Zac eilte zurück an seinen Schreibtisch, und Rudy versuchte, gegen den Gedanken zu kämpfen, dass Zac nicht mit ihm gesehen werden wollte. Er war so schwer einzuschätzen. Rudy hatte keinen Schimmer, was in Zacs Kopf vorging.

SPÄTER AM NACHMITTAG, als Rudy sich gerade nach dem Pinkeln die Hände wusch, kam Erik in den Waschraum. Er nahm das Waschbecken neben Rudys.

„Also, wie ich höre, ist Zac gestern mit zu dir gegangen“, sagte er.

Es war keine Frage, und Rudy machte keine Anstalten, es zu leugnen oder zu bestätigen. Offenbar hatte Takara es ihm erzählt.

„Nicht so, wie du denkst. So war es nicht." Rudy starrte auf seine Hände. Nachdem er auch das letzte Bisschen Seifenschaum abgespült hatte, schüttelte er die Tropfen ab und schnappte sich ein Papierhandtuch.

„Aber du wünschtest, es wäre so, hab' ich recht?"

Rudy seufzte. „Ernsthaft, Erik - hat dir noch nie jemand gesagt, dass Männer nicht über ihre Gefühle reden? Und schon gar nicht auf der Toilette!"

„Scheiß auf Geschlechts-Klischees, Alter", sagte Erik gutmütig, während er sich die Hände abtrocknete. „*Ich* rede über Gefühle. Aber wenn du nicht willst, ist das völlig okay. Ich dachte nur, dir wäre es lieber, ich frage dich hier anstatt an deinem Schreibtisch."

„Ja, ja. Das war ein Scherz, das weißt du, oder?"

Rudy glaubte nicht wirklich an den Blödsinn, dass Männer nicht über Gefühle reden. Er war nicht besonders gut darin, aber nur, weil er schüchtern und unbeholfen war. Es war ihm einfach peinlich zuzugeben, wenn er jemanden mochte. Aber deshalb war er kein unnahbarer, gefühlloser Fels.

Sofort musste er an Zac denken – Zac strahlte so etwas Verschlossenes und Abweisendes aus. Aber Rudy bezweifelte, dass es echt war. Er hatte für einen Moment Zacs Verletzlichkeit gesehen, als der zugegeben hatte, keine Familie zu haben. Rudy hatte den Verdacht, dass Zacs formidable äußere Erscheinung – sein diszipliniertes Training, die Muskeln – ebenfalls in dem Wunsch wurzelte, Menschen von sich fernzuhalten. Er fragte sich, welche Geschichte dahinterstecken mochte. Was hatte Zac durchgemacht?

„Na, hoffentlich." Erik richtete sich auf, zog die Schultern zurück und betrachtete stirnrunzelnd sein Spiegelbild.

Rudy drehte sich um und lehnte ans Waschbecken, sodass er Erik in die Augen sehen konnte. „Und ja, ich wünschte, es wäre … anders. Ich mag Zac wirklich", gestand er. „Aber ich glaube, ich habe die erste Chance gleich vermasselt."

„Vielleicht bekommst du ja noch eine Chance."

„Vielleicht …" Freudige Erregung erfasste Rudy, und das Geheimnis, das er schon den ganzen Tag mit sich herumtrug, brach unwillkürlich aus ihm hervor. „Erzähl es bitte niemandem, weil … es ist irgendwie schräg. Und vor allem erzähl es nicht Takara, weil sie daraus eine Riesensache machen würde, und das ist es eigentlich nicht … aber Zac wird die Weihnachtsfeiertage mit mir zusammen bei meiner Familie verbringen."

Eriks Augenbrauen flogen in die Höhe. „Echt jetzt? Das ist … cool, aber auch ziemlich heftig, oder? Hört sich für mich schon nach einer ziemlich großen Sache an."

„Wir sind nur Freunde." Selbst Zac nur als Freund zu bezeichnen, war recht voreilig, um ehrlich zu sein, aber ein anderes Wort fiel Rudy nicht ein. Irgendetwas waren sie auf jeden Fall, da war sich Rudy sicher, er wusste nur nicht was. „Ich glaube, er will sowieso nichts, das über Freundschaft hinausgeht."

„Tja, ihr werdet mehrere Tage miteinander verbringen. Ich bin sicher, du findest es heraus." Erik richte den Brustbinder, den er unter seinem Hemd trug und verzog das Gesicht. „Verdammt. Meine Schultern tun weh."

„Ja?" Das war etwas, worüber Rudy noch nie nachgedacht hatte.

„Ja. Der Binder zieht an den Schultern … ich weiß auch nicht. Mist. Gott sei Dank brauche ich ihn bald nicht mehr.

Mit etwas Glück werde ich die beiden Dinger auf meiner Brust noch vor dem Sommer los sein. Ich kann's kaum erwarten."

„Das glaube ich dir aufs Wort." Rudy bewunderte ihn. Erik wusste genau, was er wollte, und er marschierte los und tat alles, um es zu bekommen. Von Eriks Entschlusskraft und Sicherheit hätte Rudy sich ein Scheibchen abschneiden können.

Erik nickte zur Tür. „Zurück an die Arbeit?"

„Ja."

Zusammen gingen sie zurück ins Büro. Falls irgendwem aufgefallen war, dass sie etwas länger im Waschraum gewesen waren als üblich, so sagte jedenfalls niemand etwas.

UM HALB VIER kam Gina aus ihrem Büro und verkündete, dass sie alle gehen konnten, wann immer sie wollten. „Die Arbeit kann warten", sagte sie. „Ich weiß, dass ihr alle noch Last-Minute-Geschenke besorgen und einpacken müsst – oder bin ich die Einzige, die so unorganisiert ist?"

Es erhob sich ein Chor zustimmenden Gemurmels, und offensichtlich hatten die meisten ebenfalls noch ein paar letzte Besorgungen auf dem Zettel.

„Schön zu sehen, dass ich damit nicht allein bin." Sie grinste. „Wie dem auch sei ... ich wünsche euch allen frohe Weihnachten! Genießt die Feiertage, und ich sehe euch alle frisch und munter am Siebenundzwanzigsten wieder."

Rudy und die meisten seiner Kollegen fingen an, ihre Sachen zu packen, um zu gehen. Zac jedoch blieb an seinem Schreibtisch sitzen und saß dort immer noch, als

Rudy aufbruchbereit war. Zögernd näherte Rudy sich ihm – er konnte nicht einfach verschwinden, ohne noch einmal mit ihm gesprochen zu haben.

„Hey." Zac hob den Kopf. „Also, dann sehen wir uns morgen. Ich werde wohl so gegen halb eins oder eins bereit sein, zum Bahnhof zu gehen, wenn das für dich passt?"

„Klar." Zac nickte kurz.

„Schreib mir eine Nachricht, falls sich etwas ändert. Ansonsten ... bis morgen?"

„Okay."

Das kleine Lächeln, das Zac Rudy schenkte, war wie ein verfrühtes Weihnachtsgeschenk. Rudy hoffte, ihn im Laufe der nächsten Tage öfter zum Lächeln bringen zu können.

NACHDEM ER SEINE Weihnachtseinkäufe erledigt hatte, rief Rudy seine Mutter an, sobald er zuhause ankam. Ihm war klar, dass das Ganze sehr kurzfristig war, aber seine Eltern waren immer super entspannt in solchen Sachen. Außerdem hatte seine Mutter ein extrem weiches Herz. Wenn er erst Zacs Situation erklärt hatte, würde sie auf keinen Fall etwas gegen Rudys Last-Minute-Einladung einzuwenden haben.

„Hi, Mama."

„Oh, Rudy! Hallo, Schätzchen. Geht es dir gut?"

„Ja, Mama. Mir geht's bestens. Ich freue mich schon darauf, euch alle morgen zu sehen."

„Oh, wir freuen uns auch. Es wird wunderbar sein, die ganze Familie wieder einmal zusammen zu haben."

Ihre Stimme klang warm und herzlich, und Rudy

konnte das dazugehörige Lächeln vor seinem inneren Auge sehen. „Also ... ich weiß, es ist sehr kurzfristig, Mama, aber ... ich würde gern jemanden mitbringen. Einen Freund. Von der Arbeit. Wäre das in Ordnung?"

„Oh." Sie klang ein wenig verblüfft, aber dann sagte sie in begeistertem Tonfall: „Aber natürlich, Liebes. Ja."

„Weißt du, er hat keine Familie, mit der er Weihnachten verbringen kann", fügte Rudy hinzu.

„Und da hast du dir überlegt, deine mit ihm zu teilen?" Sie kicherte. „Du hast jedenfalls genug Familie für so etwas. Wie heißt dein Freund?"

„Zac."

„Nun, ich freue mich darauf, einen deiner Freunde kennenzulernen, und er ist herzlich willkommen. Allerdings haben wir nicht viel Platz. Großvater bleibt über die Feiertage, und Ro wohnt ja auch bei uns." Sie klang etwas besorgt.

„Ach, Zac kann in meinem Zimmer schlafen, wenn das okay ist?" Als Rudy jünger war, hatten sie für Übernachtungsgäste stets ein Klappbett in seinem Zimmer aufgestellt. Rudy konnte darauf schlafen und Zac das Bett überlassen – schließlich war Zac Gast. Sicher würde Zac nichts dagegen haben.

Es entstand eine kurze Pause, dann kam die fröhliche Antwort seiner Mutter: „Natürlich, Liebes, das ist völlig in Ordnung. Natalie und Raj teilen sich auch ihr Zimmer. Um wie viel Uhr können wir euch morgen erwarten?"

„Wir versuchen, den Zug um zwanzig nach eins zu bekommen, aber ich schreibe dir noch eine Nachricht, wenn wir tatsächlich im Zug sitzen. Kann uns jemand vom Bahnhof abholen?"

„Klar. Ich schicke Sid. Er freut sich jedes Mal, wenn er fahren kann, seit er seine Führerscheinprüfung bestanden hat."

Sid war der Ältere von Rudys jüngeren Brüdern, siebzehn Jahre alt und in seinem Abschlussjahr an der Schule. Er sehnte sich danach, eigenständig und unabhängig zu sein.

„Super, Mama. Danke. Dann sehen wir uns morgen."

„Ja. Gute Reise. Bis dann. Hab' dich lieb."

„Ich dich auch. Bis dann."

Rudy beendete den Anruf mit einem Lächeln im Gesicht. Er freute sich darauf, morgen seine Eltern zu sehen. Viele seiner Kollegen und Bekannten nörgelten über ihre Familien, aber Rudy fand seine Familie einfach toll. Vielleicht waren sie ein wenig exzentrisch, aber sie liebten ihn bedingungslos, und er liebte sie ebenso.

FÜNF

Nach der Arbeit ging Zac ins Fitnessstudio. Er tat das routinemäßig jeden Abend nach der Arbeit und Sonntagmorgens. Wegen des bevorstehenden Besuchs bei Rudys Familie hatte sich heute jede Menge überschüssige Energie in ihm angestaut. Er war unheimlich nervös. Er bereute nicht, die Einladung angenommen zu haben. Nicht wirklich. Aber er machte sich Gedanken darüber, was das beinhalten würde, und fürchtete sich ein wenig. Er konnte nicht gut mit Menschen umgehen, das wusste er. Und er hatte so gut wie keine Erfahrung damit, wie es in einer Familie zuging.

Auf dem Weg ins Fitnesscenter wurden die Sorgen in seinem Kopf immer lauter. Rudy klang gebildet, und wenn seine Familie in einem scheiß-großen, umgebauten Bauernhof im Grünen lebten, dann waren sie wahrscheinlich piekfein.

Zac war das genaue Gegenteil von piekfein. Er war als Kind von einer Pflegefamilie zur nächsten abgeschoben worden und hatte in Heimen gelebt, nachdem seine

Mutter ihn einfach ausgesetzt hatte wie eins von den Kids in diesen Disney-Filmen. Er hatte sein Leben lang versucht, einschüchternd zu wirken, um irgendwie zu überleben. Mit fünfzehn war er weggelaufen und hatte sich als älter ausgegeben, um schwarz auf irgendwelchen Baustellen arbeiten zu können, während er in leerstehenden Häusern und Bruchbuden gehaust hatte. Als er siebzehn war, half ihm eine Wohltätigkeitsorganisation – eine ähnliche wie Rainbow Futures – sein Leben zu ändern. Sie besorgten ihm eine anständige Bleibe und ermutigten ihn, wieder in die Schule zu gehen und eine ordentliche Ausbildung zu machen.

Sollte Rudy je von Zacs Vergangenheit erfahren, würde er wahrscheinlich nichts mehr mit ihm zu tun haben wollen.

Als er das örtliche Sportcenter erreichte, stieß er die Tür ein bisschen heftiger auf als nötig und erschreckte damit einen Mann, der gerade herauskam.

„Entschuldigung", murmelte Zac.

Er zog sich rasch um und verstaute seine Tasche in einem Spind. Es juckte ihn in den Finger, in den Trainingsraum zu gehen und seinen Frust mit Gewichten und Cardiotraining abzuarbeiten. Für den Anfang rannte er zehn Minuten lang auf dem Laufband und erhöhte dabei nach und nach das Tempo, bis sein Herz pumpte und er heftig atmete. Er begrüßte das Brennen in seinen Beinen und das Hochgefühl, das er jedes Mal empfand, wenn er sich körperlich verausgabte. Er konnte dabei den Kopf abschalten und sich ganz auf seinen Körper konzentrieren.

Schließlich fuhr er das Laufband wieder auf Schrittgeschwindigkeit herunter und ging, um wieder zu Atem zu kommen. Sofort wanderten seine Gedanken wieder zu Rudy. Den ganzen Tag über war der gestrige Kuss in seinem Kopf auf Dauerschleife gewesen, wie sehr er auch versucht hatte, ihn in die Abteilung „Betrunkene Fehler" einzuordnen.

Es war viel zu leicht, Rudy zu mögen, und jetzt hatte sich in Zacs Rüstung ein Riss gebildet, und Rudy wand sich durch den Spalt hinein. Er war ein wenig naiv und wirkte jünger als Zac, auch wenn er das nicht war. Zac fragte sich, ob Rudy überhaupt schon echte Erfahrungen mit Männern hatte; er wirkte nicht wie jemand, der oft sexuelle Abenteuer hatte. Er hatte etwas Unschuldiges an sich, das sehr erfrischend war. Vielleicht war Zac nur zynisch. In letzter Zeit hatte er die eigene Hand irgendwelchen Grindr-Bekanntschaften vorgezogen. Das war deutlich weniger Stress, und sexuelle Befriedigung war garantiert.

Das Laufband kam zum Stillstand. Sofort ging Zac zu den Gewichten. Er trainierte extrem hart und hängte jedes Mal noch ein paar Extra-Wiederholungen an, bis er praktisch hechelte und vor Anstrengung zitterte. Beim Bankdrücken gaben seine Muskeln schließlich nach, und bei der letzten Wiederholung ließ er die Hantelstange mit einem lauten Scheppern zurück in die Halterung fallen.

„Scheiße, Alter. Du haust ja heute echt rein."

Zac hob den Kopf und sah einen schnuckeligen, blonden Typ, der ihn beobachtete. Er hieß Chris, falls Zac sich recht erinnerte. Zac hatte einmal was mit ihm angefangen, und seitdem suchte der Kerl immer wieder hoffnungsvoll seine Nähe. Ja, Zac war ziemlich sicher, der Name war Chris ... Zac antwortete lediglich mit einem Brummen.

„Miesen Tag auf der Arbeit gehabt?", fragte Chris mitfühlend.

Zac setzte sich auf und zuckte mit den Schultern. „Nicht wirklich." Ja, er benahm sich wie ein Arschloch, aber er hatte keine Lust auf eine Unterhaltung.

Chris ignorierte den Wink mit dem Zaunpfahl. „Na ja, wenn du nach einer anderen Art und Weise suchst, den Stress loszuwerden ..." Er hob vielsagend die Brauen.

Einen Moment lang erwog Zac das Angebot. Chris war sexy und willig, und so weit Zac sich erinnerte, konnte auch ziemlich gut blasen. Aber dann tauchte erneut Rudys Gesicht vor seinem inneren Auge auf, sein schüchternes Lächeln, und wie er in Zacs Gegenwart beinahe konstant rot wurde. Chris war zu abgebrüht, zu selbstsicher, und das törnte Zac plötzlich total ab, obwohl ihn so etwas früher nie gestört hatte.

„Nein. Sorry, Mann." Jack zwang sich, es nett zu formulieren, anstatt einfach zu sagen, dass Chris sich verpissen soll. Chris konnte schließlich nichts für Zacs miese Laune. Das hatte er sich ganz allein eingebrockt. „Ich habe heute schon was anderes vor."

Chris' Grinsen erstarb ein wenig. „Jammerschade. Na ja, schönen Abend wünsch' ich jedenfalls. Man sieht sich."

„Ja."

Daran bestand kein Zweifel. Chris war ebenfalls Stammkunde im Fitnesscenter; zukünftige Begegnungen ließen sich also kaum vermeiden.

· · ·

ZAC JOGGTE nach Hause und schloss die Haustür des heruntergekommenen Altbaus auf, in dem er ein Zimmer gemietet hatte.

Im Hausflur roch es stark nach Kohl – Mrs. Burgess, seine Vermieterin machte ständig irgendwelche wenig erfolgreichen Diäten, und ihr derzeitiger Favorit war die Kohlsuppendiät. Sie hatte ihm erst neulich in allen Einzelheiten erklärt, wie die Diät funktionierte. Es hatte Zac besser gefallen, als sie es mit SlimFast versucht hatte. Wenigstens hatte es da nicht im ganzen Haus gestunken.

Mrs. Burgess' fette Katze – Muffin, die Mäusejägerin – wartete vor der Tür zu Zacs Zimmer. Sie kam ihm miauend entgegen, um ihn zu begrüßen, und schlängelte ihren molligen Körper um Zacs Beine, während er die Tür aufschloss.

Sobald die Tür aufging, tapste sie hinein, als würde das Zimmer ihr gehören. Seit Zac hier eingezogen war, verbrachte sie fast jede Nacht in seinem Bett, es sei denn, sie war auf Mäusejagd. Mrs. Burgess hatte sich immer wieder dafür entschuldigt, bis Zac ihr versichert hatte, dass er Katzen liebte und eigentlich recht glücklich über das Arrangement war – ungeachtet der morgendlichen Geschenke von lebenden, toten oder halb ausgeweideten Mäusen.

Nachdem er einen Proteinshake getrunken hatte, duschte Zac in dem winzigen Badezimmer am Ende des Korridors. Zurück in seinem Zimmer schlüpfte er in eine Jogginghose und ein T-Shirt. Dann warf er einen Blick in seinen Kühlschrank und versuchte herauszufinden, was noch essbar war.

Das Zimmer war möbliert, aber küchentechnisch war

Zac sehr eingeschränkt. Er hatte eine kleine Spüle, einen Mini-Kühlschrank, eine Mikrowelle und einen Elektroherd mit zwei Kochplatten. Laut Mietvertrag stand es ihm zu, die große Küche im Erdgeschoss mitzubenutzen, aber dabei müsste er sich mit Mrs. Burgess unterhalten. Bei den wenigen Gelegenheiten, da er unten etwas gekocht hatte, war sie jedes Mal wie von Zauberhand plötzlich aufgekreuzt und hatte darauf bestanden, die ganze Zeit über mit ihm zu plaudern. Und schlimmer noch, sie hatte ihm Fragen über sich selbst gestellt. Als das nicht den gewünschten Erfolg zeigte, hatte sie die Stille gefüllt, indem sie über alle Mögliche geplappert hatte, das für Zac vollkommen uninteressant gewesen war. Sie schien wirklich eine nette Frau zu sein, und vielleicht war sie einsam – sie wohnte allein hier, abgesehen von ihrer Katze – aber es war einfach zu viel. Zac brauchte Ruhe, nachdem er den ganzen Tag auf der Arbeit unter Menschen gewesen war. Er wollte nicht die ganze Zeit höflich nicken müssen.

Zac hatte Eier, Champignons und etwas Käse im Kühlschrank. Außerdem war da noch ein halber Beutel Salat von gestern, der noch essbar aussah. Er entschied dafür, ein Omelett zu machen. Dazu aß er den Salat und zwei Brote mit Butter. Während er auf dem Bett saß und aß, beobachtete Muffin ihn hoffnungsvoll vom Fußende aus.

„Ist vegetarisches Essen heute", erklärte er ihr. „Nichts Gutes für dich dabei. Außerdem habe ich wirklich Hunger und hätte dieses Mal sowieso alles allein gegessen."

Sie maunzte zur Antwort.

Als Zac aufgegessen hatte, stellte er den Teller neben dem Bett auf den Boden. Er war plötzlich so erschöpft nach dem langen Abend und seinem Training, dass er keine Lust hatte, die wenigen Schritte zu Spüle zu machen.

Muffin sprang vom Bett, um den Teller zu untersuchen, und warf Zac einen vorwurfsvollen Blick zu, als sie feststellte, dass der Teller in der Tat leer war. Dann sprang sie wieder aufs Bett. Zac rutsche in eine liegende Position und griff nach seinem Buch, einem Krimi.

Aber natürlich ... kaum, dass er angefangen hatte zu lesen, bestand Muffin darauf, auf seiner Brust zu liegen, zwischen seinem Gesicht und dem Buch. Sie knetete seine Brust mit den Vordertatzen, und ihre spitzen Krallen waren wie winzige Nadelstiche durch sein T-Shirt. Schließlich krallte sie sich fest.

„Du dumme Katze", schalt Zac sie liebevoll und legte das Buch zur Seite, um ihre Krallen aus seinem T-Shirt zu lösen. Er streichelte sie, bis sie sich laut schnurrend auf seiner Brust zusammenrollte.

Dann nahm Zac wieder sein Buch, hielt es beim Lesen aber etwas umständlich zur Seite, um Muffin nicht zu stören.

Verdammte, anspruchsvolle Kreatur.

Aber er fuhr fort, sie mit der freien Hand zu streicheln, und lächelte.

AM SAMSTAGMORGEN ERWACHTE Zac in aller Herrgottsfrühe, frisch und ausgeruht, nachdem er am Abend zuvor so früh zu Bett gegangen war.

Er erwog, noch einmal ins Fitnessstudio zu gehen, aber seine Muskeln waren von gestern noch ein wenig erschöpft. Stattdessen stand er auf, aß eine Portion Frühstücksflocken und fing danach an, für seine Fahrt mit Rudy am Nachmittag zu packen.

Alle seine Befürchtungen und Unsicherheiten kehrten umgehend zurück. Würde er Rudy besser kennen, hätte er ihm eine Nachricht geschickt und ihn gefragt, was er zum Anziehen brauchen würde. Machte Rudys Familie sich zu Weihnachten schick? Was würden solche Leute von ihm erwarten? Aber er wollte nicht zeigen, wie unsicher er war, und wie ein unkultivierter Idiot dastehen. Stattdessen packte er vorsichtshalber mehr ein, als er wahrscheinlich brauchen würde, darunter auch formellere Sachen, genau so wie sein übliches Alltagszeug.

Etwas später nahm er den Bus ins Stadtzentrum. Es war ein grauer Morgen, aber die Weihnachtsbeleuchtung machte die Straßen nicht ganz so trist. Im Einkaufszentrum trat ein Chor auf und hatte eine Menge Zuschauer um sich versammelt. Es war voll und hektisch, überall Leute, lächelnd, mit Einkaufstaschen und Starbucks-Bechern.

Wie immer wanderte Zacs Blick automatisch zu den Leuten am Rande des Trubels, die nicht an den festlichen Aktivitäten teilhatten. Ein Mann saß an der Wand zwischen zwei Geschäften, vor sich eine Schale und ein zerfleddertes Schild, auf dem stand: „Obdachlos und hungrig. Bitte um Hilfe." Es war unmöglich zu sagen, wie alt er sein mochte. Das Leben auf der Straße ließ die Gesichter von jungen Menschen vorzeitig altern. Die Augen dieses Mannes blickten starr und hoffnungslos. Während Zac ihn betrachtete, blieben ein oder zwei Leute stehen und warfen ein paar Münzen in die Schale des Mannes, aber sie waren in der Minderheit. Der Rest lief an ihm vorbei, ohne auch nur hinzusehen. Als wäre er unsichtbar.

Wie immer dankte Zac dem Universum, dass er nicht so geendet hatte. Nach seiner Flucht aus der letzten Pflegestelle war er kurz davor gewesen, und einige der leerstehenden Bruchbuden, in denen er geschlafen hatte, waren kaum besser gewesen als die Straße.

Er näherte sich dem Mann und gab ihm einen Zehner, wobei er darauf achtete, ihm das Geld in die Hand zu geben, anstatt es in die Schale zu werfen.

Die Geste erzeugte ein Funkeln in den hellblauen Augen des Mannes, die in starkem Kontrast zu seinem schmutzigen, bärtigen Gesicht standen.

„Danke, Kumpel. Gott segne dich. Danke", sagte er.

„Gern geschehen. Mach's gut." Zac ging rasch davon; in seinem Inneren wallten unangenehme Emotionen auf. Er wünschte, er könnte mehr tun.

Eilig betrat er das Kaufhaus. Im Erdgeschoss gab es ein überwältigendes Angebot von Geschenkideen. Zac dachte an den Mann draußen, und ihm wurde leicht übel angesichts all dieses Krempels, für den die Leute ihr Geld ausgaben. Und die Hälfte davon würde an Leute gehen, die es wahrscheinlich gar nicht zu schätzen wussten. Aber er musste etwas für Rudys Familie besorgen; es wäre unhöflich, mit leeren Händen aufzukreuzen.

Er folgte Rudys Vorschlag und wählte eine große Schachtel mit vornehm aussehender Schokolade und fügte noch eine Blechdose Weihnachtskekse hinzu. Dann besorgte er noch zwei Flaschen Wein, von dem er hoffte, dass es ein halbwegs guter war. Er hatte keine Ahnung von Wein, aber für einen Zehner pro Flasche sollte er besser anständig sein!

Erst an der Kasse fiel ihm ein, dass er wahrscheinlich

auch etwas für Rudy besorgen sollte. Würde Rudy ihm etwas schenken? Vielleicht nicht, aber Zac wollte nicht dumm dastehen, falls doch. Falls Rudy nichts für ihn hatte, konnte Zac sein Geschenk immer noch einfach behalten und nichts sagen, um eine peinliche Situation zu vermeiden. Er seufzte aufgebracht. Gott, Weihnachten war kompliziert, wenn man es nicht allein verbrachte.

„Schon genug vom Weihnachtstrubel?", fragte die Kassiererin lächelnd.

„Ja, sowas in der Art." Er steckte seine Kreditkarte in das Lesegerät und wartete darauf, seine PIN eintippen zu können.

„Müssen Sie noch viel besorgen?" Ihr fröhlicher Tonfall war unermüdlich.

„Nicht wirklich." Er wusste nicht, was sie das überhaupt anging.

„Ich kann nicht fassen, dass schon Heiligabend ist. Dieses Jahr ist das irgendwie so schnell gegangen. Haben sie nachher irgendwas Nettes vor?"

Jesus. Welches Service-Genie hatte es für eine gute Idee gehalten, die Leute dazu anzuhalten, den Kunden derart aufdringliche Fragen zu stellen? Zac hatte genug; er wollte nur noch weg. „Nicht viel. Nur einen ruhigen Abend."

Abgesehen von allem anderen waren seine Weihnachtspläne auch viel zu kompliziert, um sie in der Zeit zu erklären, die seine Kreditkarte brauchte, um gelesen zu werden.

Sie packte seine Einkäufe in eine Tüte und steckte den Beleg mit hinein. „Nun, ich wünsche ihnen ein frohes Fest!"

Er zwang sich zu einem höflichen Lächeln und dem erwarteten „Danke, gleichfalls", dann trat er hastig die Flucht an.

Anschließend wanderte er ziellos durch die anderen Etagen des Kaufhauses und hoffte auf eine Inspiration. Schließlich landete er in der Herrenbekleidung. Ein Ständer T-Shirts mit Superheldenmotiven fiel ihm ins Auge. Er dachte an Rudy in seinem Superman-Shirt, sowie an den Stapel Comics auf seinem Schreibtisch, und musste lächeln.

Perfekt.

Er wühlte in den verschiedenen Designs und entschied sich schließlich für ein blaues Shirt mit dem bekannten rot-weißen Stern-Logo von Captain America. Zac trug Größe Medium, also schätzte er, eins in Small würde Rudy passen. Er hielt sich ein Shirt in dieser Größe vor die eigene Brust, um sicherzugehen, dass es für den etwas größer gewachsenen Rudy auch lang genug war.

Zum Glück war der Verkäufer an der Kasse dieses Mal weniger geschwätzig – bitte, danke und frohe Weihnachten. Mit diesem Maß an Interaktion kam Zac zurecht.

Mit den Tüten in der Hand machte Zac sich auf den Weg zum Ausgang und hinaus auf die Straße, um den Bus zurück nach Horfield zu nehmen. Er musste sich beeilen, um alles zusammenzupacken und Rudy rechtzeitig am Bahnhof zu treffen.

SECHS

Als es so weit war, dass Rudy zum Bahnhof musste, war er wahnsinnig nervös. Was hatte er sich nur dabei gedacht, Zac an Weihnachten zu sich nach Hause einzuladen? Sie kannten einander kaum. Was, wenn es eine Katastrophe wurde?

Rudy liebte seine Familie, aber er war voreingenommen und ihre exzentrischen Macken gewohnt. Zac blieb im Büro stets ganz für sich, und er war große Familienversammlungen nicht gewohnt. Vielleicht würde er das alles ganz furchtbar finden. Rudys Familie war nicht gerade ruhig und unaufdringlich. Sie würden alles versuchen, um Zac aus seinem Schneckenhaus zu zerren, ob der nun wollte oder nicht.

Aber nun war es zu spät. Die Einladung war ausgesprochen und angenommen worden. Rudy konnte nur hoffen, dass Zac das Beste daraus machen würde.

Sie hatten vereinbart, sich um drei Uhr zu treffen, aber Rudy war schon etwas früher am Bristoler Bahnhof Temple Meads. Er stellte sich vor dem Fahrkartenautomaten in die Schlange der Leute, die über Weihnachten zu ihren Familien reisten. Sobald er sein Ticket hatte, schrieb er Zac eine Textnachricht, um ihn wissen zu lassen, wo er war.

Er bekam keine Antwort, und noch mehr Befürchtungen füllten die noch verfügbaren Plätze in seinem Kopf. Vielleicht hatte Zac es sich anders überlegt?

Was, wenn Zac nicht auftauchte? Aber er würde doch sicher wenigstens eine Nachricht schreiben, falls er in letzter Sekunde einen Rückzieher machte ...

Und dann entdeckte er Zac, der sich einen Weg durch die Menschenmenge bahnte. Er trug einen Rucksack und reckte den Hals, um über die Menge hinwegsehen zu können. Als sein Blick auf Rudy fiel, nickte er und änderte die Richtung, um zu ihm zu kommen.

„Hi", quetschte Rudy eine Begrüßung an dem nervösen Kloß in seiner Kehle vorbei.

„Hey." Zacs Wangen waren von der winterlichen Kälte gerötet, und seine Augen leuchteten.

„Alles klar?", fragte Rudy und versuchte, dabei lässig zu klingen.

„Japp."

Sie starrten einander einen peinlichen Moment lang an.

Gott, ist das blöd. Wenn sie es nicht schafften, ohne die Hilfe von Alkohol miteinander zu reden, konnten ein paar unangenehme Tage vor ihnen liegen. Nicht, dass der Alkohol in seinem Elternhaus knapp sein würde... vielleicht würden sie einfach die ganzen Feiertage beschwipst zubringen. Rudys Leber zog sich bei dem Gedanken entsetzt zusammen.

Zac räusperte sich. „Also ... ich geh dann mal besser meine Fahrkarte kaufen. Kann ich meinen Rucksack bei dir lassen?"

Ja, sicher."

„Und wohin geht es nochmal?"

„Tiverton."

„Okay. Ich bin gleich wieder da. Den lasse ich solange hier." Zac ließ den alten, abgenutzten Rucksack von seinen Schultern gleiten und lehnte ihn neben Rudy an die Wand.

Rudy sah ihm nach, als er davonging – so klein und perfekt geformt mit seinen breiten Schultern und den schmalen Hüften. Nun, im kalten Licht des Tages, war es schwer zu glauben, dass der Kuss zwischen ihnen wirklich stattgefunden hatte. Zac war wirklich mehrere Nummern zu groß für Rudy.

Sein Magen zog sich sehnsüchtig zusammen. Es würde toll sein, Weihnachten mit jemandem zu verbringen, in den er vollkommen – wenn auch einseitig – verknallt war, oder?

Mist.

ALS DER ZUG KAM, war er bereits unheimlich voll. Ein paar Leute stiegen in Bristol aus, aber viel mehr wollten einsteigen. Rudy und Zac nahmen den nächstbesten Waggon, stopften ihre Taschen in die überfüllte Gepäckablage und zwängten sich dann durch den Gang auf der Suche nach freien Plätzen, die nicht reserviert waren. Schließlich entdeckten sie einen neben einer Dame, die am Gang saß.

„Willst du dich hinsetzen?", fragte Rudy.

Zac zuckte die Achseln. „Nimm du ruhig den Platz. Ich kann stehen."

„Ich steige in Taunton aus, Schätzchen", sagte die Dame. „Dann kannst du dich neben deinen Freund setzen."

„Danke." Zac schenkte ihr ein aufrichtiges Lächeln — das erste, das Rudy seit einer Weile bei ihm gesehen hatte. Das machte ihm bewusst, wie sehr Zac sich bei ihren Interaktionen zurückhielt. „Ich gehe ans Ende des Waggons und stelle mich da hin. Bis nachher, Rudy."

Die Dame stand auf, damit Rudy auf den Fensterplatz rutschen konnte.

„Danke", sagte er, als sie sich wieder setzte.

„Es ist verrückt um diese Zeit des Jahres, oder?", plauderte sie fröhlich. „So ein Chaos überall."

Sobald der Zug sich in Bewegung setzte, öffnete sie ihr Buch und las.

Rudy schrieb seiner Mutter eine Nachricht, um sie wissen zu lassen, wann sie ankommen würden. Dann setzte er seine Kopfhörer auf und verlor sich in der Musik von Massive Attack. Er schloss die Augen und ließ sich vom Rhythmus des Zuges einlullen. Er schlief nicht ein, aber viel fehlte nicht. Er merkte gar nicht, wie die Zeit verging, bis der Zug sein Tempo verlangsamte und seine Sitznachbarin ihr Buch einpackte und ihren Mantel anzog.

„Schöne Weihnachten, Schätzchen", sagte sie.

„Gleichfalls."

„Ich schicke deinen Freund her, damit er sich setzt, bevor die nächsten Leute einsteigen."

Er sah ihr nach, als sie vorsichtig den Gang hinunterging und dann ein paar Worte mit Zac wechselte. Zac holte für sie einen Koffer aus der Ablage, dann kam er und nahm neben Rudy Platz. Rudy entfernte rasch seine Kopfhörer, um nicht den Eindruck zu vermitteln, als wollte er eine Unterhaltung vermeiden.

„Hey", sagte er, sobald Zac saß.

„Hey. Gott, das ist besser." Zac streckte seine Beine aus. „Es war da hinten wie auf einem Viehtransport. Der Typ vor mir brauchte dringend ein neues Deo, und er trat mir ständig auf die Zehen."

Rudy schnaubte. „Na, super."

Dann schweigen sie. Rudy überlegte verzweifelt, was er sagen könnte, aber Zac kam ihm zuvor.

„Also, erzähl mir noch ein wenig von deiner Familie. Ich weiß, du hast mir ihre Namen gesagt, aber ich konnte mir so viel auf einmal nicht merken. Hast du auf deinem Telefon Fotos von ihnen? Dann könnte ich den Namen Gesichtern zuordnen und mich ein wenig vorbereiten."

„Ja. Gute Idee." Rudy entsperrte sein Telefon und fing an zu scrollen. Er war erleichtert, etwas tun zu können. „Also, meine Mutter heißt Rose und mein Vater Jack. Und so sehen sie aus."

Er zeigte Zac ein Foto, auf dem die beiden bei einem Spaziergang in die Sonne lächelten; das war während einem von Rudys früheren Besuchen Anfang des Jahres gewesen. Das graue-blonde, lockige Haar seiner Mutter war vom Wind zerzaust, und sein Vater trug ein eine Kappe auf seinem kahlen Kopf.

„Cool. Dein Vater ist ja voll der Hipster."

Rudy lachte überrascht. Das war ihm noch nie in den Sinn gekommen, und er versuchte einen Moment lang, seinen Papa mit Zacs Augen zu sehen. „Ich bin nicht sicher, dass ich das nachvollziehen kann."

„Mit dem Bart. Aber ja."

„Kann sein." Der Bart war ziemlich neu. Rudy nahm an, in Kombination mit der Tweedmütze ließ es ihn schon recht flott aussehen.

Er scrollte weiter, bis er ein Bild seiner Brüder fand. „Das hier ist Sid – der launische Teenager da. Und der Kleine ist Jamie."

Sid starrte so mürrisch in die Kamera, als wäre er von ihr persönlich beleidigt worden, während Jamie ein breites, freches Grinsen im Gesicht hatte. Den Gegensatz hatte Rudy damals ziemlich lustig gefunden.

„Jamie hat abgefahrene Haare", bemerkte Zac.

Es war weißblond, dicht und schnurgerade, vollkommen anders als Rudys hellbrauner Wuschelkopf. „Ja. Die Farbe hat er von Mama, aber ihre Locken hat er nicht geerbt. Okay, lass mich noch ein bisschen suchen, bis ich eins von meiner Schwester finde." Er scrollte weiter. „Das ist Natalie. Sie ist zwei Jahre älter als ich Ihr Verlobter Raj wird auch da sein, aber von ihm habe ich kein Foto."

„Sie sieht aus wie du."

„Ja?" Rudy nahm an, dass sie sich durchaus ähnlich sahen. Aber Natalie war hübsch; das sagte jeder. Rudy sah einfach nur langweilig aus. Vielleicht kamen ihre Gene Frauen eher zugute als Männern. „Kann sein."

„Sie hat deinen Mund."

Rudy wurde von Kopf bis Fuß warm, als ihm Zacs Worte von neulich Nacht wieder einfielen. *Du hast wunderschöne Lippen.*

Er rutschte auf seinem Sitz umher. „Ja?", sagte er

erneut, und seine Stimme quiekte dabei, als wäre er gerade erst im Stimmbruch.

Zac räusperte sich. „Auf jeden Fall." Seine Stimme war rau, und als Rudy einen Seitenblick riskierte, sah er, dass Zac ebenfalls rot geworden war.

Zac wechselte rasch das Thema. „Also, sind das alle? Ich denke, die Namen kann ich mir schon merken." Er zählte sie an seinen Finger ab: „Rose, Jack, Sid, Jamie, Natalie und ... warte, nicht vorsagen ... Raj?"

„Ja, gut gemacht." Rudy grinste. „Und dann sind da noch meine Tante Ro – sie wohnt jetzt bei meinen Eltern – und mein Großvater wird auch noch da sein. Er wohnt ganz in der Nähe, wird aber bei uns übernachten, damit ihn niemand ständig hin und her kutschieren muss. Sein Name ist Alan."

Zac ging erneut alle Namen durch und hängte die beiden neuen hinten an: „Alan und ... Ro?

„Kurzfassung von Rowena. Aber so nennt sie niemand."

„Also sind über die Feiertage zehn Leute im Haus deiner Eltern? Wow. Das Haus muss ja ganz schön groß sein."

„Ja, ist es. Aber es wird trotzdem eng. Wir werden uns ein Zimmer teilen müssen – ich hoffe, das ist okay?" Rudy wurde plötzlich bewusst, dass er das vielleicht vorher hätte erwähnen müssen.

„Ich werd's überleben", entgegnete Zac trocken. Aber als Rudy ihn anschaute, grinste er. „Ernsthaft, das ist okay."

Das Geräusch des fahrenden Zugs änderte sich, und Rudy spürte den Druck, als die Fahrt sich verlangsamte. „Hier müssen wir raus", sagte er. Plötzlich bekam er Herzklopfen bei dem Gedanken, Zac seiner Familie vorzustellen. Auch wenn er und Zac nur Arbeitskollegen waren, so wünschte er sich von ganzem Herzen, dass Zac seine Familie mochte – und umgekehrt.

Sie standen auf und überließen ihre Plätze zwei dankbaren Passagieren, die bis dahin gestanden hatten. Es dauerte eine Weile, bis zu ihren Taschen durchzukommen und sie aus der überfüllten Ablage zu retten. Als Zac endlich seinen Rucksack und Rudy seinen Koffer hatte, fuhr der Zug in den Bahnhof ein.

Als die Türen sich öffneten, wurden sie praktisch auf den Bahnsteig ausgeschüttet, getragen vom Strom der Menge, die es eilig hatte auszusteigen.

„Rudy, hierher!" Sid stand neben dem silbernen Ford Fiesta ihrer Mutter und winkte.

Rudy ging grinsend zu ihm. „Sieh dich nur an. Glückwunsch zum bestandenen Führerschein." Rudy sog seinen Bruder in die Arme.

„Danke, Bro." Sid klopfte ihm auf den Rücken. Als sie einander losließen, grinste Sid noch breiter. „Und gleich beim ersten Mal. Im Gegensatz zu gewissen anderen Leuten."

„Ja, ja." Es wurmte Rudy immer noch, dass er zweimal bei der Fahrprüfung durchgefallen war. Rückwärts einparken war *schwer*. „Sid, das ist Zac."

„Hi, Mann. Schön dich kennenzulernen." Sie bot Zac zur Begrüßung die Hand, und Rudy verbarg sein Lächeln. War schon komisch, seinen kleinen Bruder so erwachsen und selbstbewusst zu sehen. Es schien noch gar nicht lange her zu sein, als Sid ein unbeholfener Emo-Teenager gewesen war, der sich hinter seinen Haaren versteckt und ausnahmslos durch Brummen und Schnauben kommuniziert hatte.

„Hi", antwortete Zac.

Sid öffnete den Kofferraum, damit sie ihr Gepäck darin verstauen konnten, dann stieg Zac hinten ein, und Rudy nahm den Beifahrersitz neben seinem Bruder.

„Bist du sicher, dass wir uns nicht in Gefahr begeben?", neckte er.

„Todsicher", sagte Sid grinsend und ließ den Motor an. „Die Karre hat ja nicht mal genug Power, also kann ich sowieso nicht schnell fahren. Und ganz ehrlich, ich fahre immer vorsichtig. Einer der Jungs aus meinem Jahrgang in der Schule hat es geschafft, direkt nach der Führerscheinprüfung sein Auto um einen Baum zu wickeln. Er lag eine Woche mit Gehirnerschütterung im Krankenhaus, und sein Auto war ein Totalschaden. Ich hab' keine Lust, seinem Beispiel zu folgen."

„Ich bin froh, das zu hören."

Während Sid aus der Stadt und die gewundene Landstraße entlang fuhr, die zu seinem Elternhaus führte, musste Rudy eingestehen, dass er ein guter Fahrer war. Er nahm vor jeder Kurve das Tempo raus und blieb auch dann gelassen und umsichtig, als ihnen auf der engen Straße ein Bus entgegenkam und Sid im Rückwärtsgang eine der Ausweichbuchten ansteuern musste.

„Gute Arbeit", lobte Rudy.

„Auf diesen Straßen kriegst du jede Menge Übung im Rückwärtsfahren. Ein bisschen anders als in der großen Stadt, kann ich mir vorstellen."

„Keine Ahnung."

Rudy hatte sich nicht die Mühe gemacht, nach dem

Abschluss ein Auto zu kaufen. In Bristol konnte er zu Fuß zur Arbeit gehen, und überallhin sonst ging es mit öffentlichen Verkehrsmitteln. Ein Auto war ihm wie Geldverschwendung erschienen.

Es waren etwas zwanzig Minuten Fahrt vom Bahnhof bis zu Rudys Elternhaus. Je näher sie kamen, desto nervöser wurde Rudy. Zac war ganz still auf dem Rücksitz, und in Gegenwart von Sid war Rudy zu schüchtern, um eine Unterhaltung mit Zac zu beginnen. Sid selbst war zu sehr damit beschäftigt, sich aufs Fahren zu konzentrieren, um viel zu sagen.

Rudy sah aus dem Fenster und betrachtete die vertraute Landschaft. Er wohnte gern in der Stadt, aber er liebte es, nach Hause in die grünen Felder und bewaldeten Täler zu kommen. Heute war es besonders schön mit der Wintersonne, die tief am Himmel hing.

„Da wären wir", sagte Rudy, als sie schließlich die Landstraße verließen und in die Auffahrt einbogen.

Das Bauernhaus lag ein bisschen versteckt hinter einer Baumreihe. Der Wagen rumpelte und holperte über den unebenen Pfad davor und kam schließlich mit knirschenden Reifen auf dem Kiesweg zum Halt.

„Danke, Sid", sagte Rudy.

„Gern geschehen."

Als sie ausstiegen, war aus dem Haus lautes Bellen zu hören. Die Vordertür öffnete sich, und Rudys Mutter eilte heraus, ein Lächeln im Gesicht und einen Klecks Mehl auf der Nase. Churchill, der Hund der Familie, überholte sie und wedelte so heftig mit dem Schwanz, dass sein ganzes Hinterteil wackelte.

Churchill erreichte Rudy als Erster und sprang an ihm

hoch, sein ganzes Gesicht ein einziger Ausbruch von Hundeglück, während er versuchte Rudys Gesicht abzuschlecken.

Rudy ging in die Hocke, um ihn zu streicheln, und damit der Hund wieder alle vier Pfoten auf den Boden setzte. „Ist ja alles gut, braver Hund, ich habe dich auch vermisst."

„Hey, er gehört nicht dir allein, Churchill", sagte Rudys Mutter lachend. „Husch, weg mit dir, ich will meinen Sohn umarmen."

Rudy stand auf. Er blinzelte, als er seine Mutter sah. Sie trug eine Schürze, auf der Torso und die Oberschenkel eines Mannes gedruckt war, der nur eine knappe Unterhose in Knallpink trug, mit echten Fransenquasten an den Nippeln, die bei jeder Bewegung wackelten.

Rudys Blick fiel auf die Quasten, und er schüttelte fassungslos den Kopf.

Rose trat mit ausgebreiteten Armen auf ihn zu. „Schätzchen. Es ist so schön, dich zu sehen."

Jesus Christus, warum kann meine Familie nicht einfach normal sein? „Mama, was zum Henker hast du da an?"

Seine Worte wurden am Ende des Satzes gedämpft, als sie ihn fest in die Arme zog. Zac gab einen seltsam schnaubenden Laut von sich, dann hüstelte er bemüht.

„Oh, das?" Rose lachte. „Das war eins von den Geschenken beim Wichteln im Büro. Und irgendwer hat meine normale Schürze versteckt, sodass ich gezwungen war, dieses Ding anzuziehen. Ich habe Jamie im Verdacht."

Rudy löste sich aus der Umarmung. Seine Wangen

wurden rot, als er sich Zac zuwandte. „Mama, das ist Zac. Zac, das ist meine Mutter Rose."

„Zac." Sie schüttelte strahlend seine Hand. „Es ist so wunderbar, dich kennenzulernen."

Zac erwiderte ihr Lächeln und er bemühte sich sehr, ihr in die Augen zu sehen. „Gleichfalls, Rose. Danke, dass Sie mich zu Besuch kommen lassen."

„Oh, das ist in Ordnung! Und vergiss den ‚Sie'-Unsinn – wir duzen uns hier alle. Es ist wunderbar, dass Rudy jemanden hat, den er mit nach Hause bringen will."

Ihre Wortwahl am Ende kam Rudy ein wenig seltsam vor, aber sie fuhr fort, mit Sid zu reden, bevor Rudy Zeit hatte, dahinterzukommen, was sie meinte.

„Oh Sid, bevor ich es vergesse, kannst du nachher nochmal losfahren und Großvater abholen? Er kommt zum Abendessen, also so gegen fünf vielleicht?"

„Klar." Sid ließ die Autoschlüssel klingeln. „Bin immer dabei, wenn ich mehr fahren kann."

„Danke, Liebes." Zu Rudy und Zac sagte sie: „Dann kommt mal rein, ihr zwei. Ich setzte sofort Wasser auf. Und ich habe ein Blech Mince Pies, die gerade abkühlen. Sie sollten in etwa zehn Minuten genau richtig zum Essen sein. Rudy, warum zeigst du Zac nicht inzwischen dein Zimmer? Und dann könnt ihr in die Küche kommen und die anderen treffen. Wollt ihr lieber Tee oder Kaffee?"

„Tee, bitte, Mama."

„Ja, Tee wäre super, danke", sagte Zac.

Churchill wandte seine Aufmerksamkeit Zac zu und schnüffelt mit großem Interesse an seinem Schritt.

So ein Glückspilz von Hund. Rudy wünschte, es wäre

gesellschaftlich akzeptabel, wenn er das ebenfalls versuchen würde.

Sie holten ihr Gepäck aus dem Auto, und Rudy führte Zac die knarrenden Stufen zum Haus hinauf. „Vorsicht, ein paar von den Stufen sind etwas schief."

„Wie alt ist das Haus?", fragte Zac.

„Der Hauptteil ist etwa dreihundertfünfzig Jahre alt, aber der Anbau stammt aus dem viktorianischen Zeitalter. Tante Ro wohnt darin."

„Das ist echt cool."

„Ja, das ist es wohl." Rudy zuckte die Achseln. „Ich habe es, glaube ich, einfach immer als selbstverständlich hingenommen, weil ich hier aufgewachsen bin. Okay, das ist mein Zimmer."

Die Tür war nur angelehnt. Als er sie aufdrückte, gab sie dasselbe Quietschen von sich wie schon sein ganzes Leben lang, egal wie oft sie die Angeln ölten.

„Oh!" Rudy blinzelte überrascht. Wo er erwartet hatte, die Campingliege zu sehen, war ein leerer Fleck ... einfach nur die Bodendielen mit dem fadenscheinigen Teppich darauf, der seit seiner Kindheit hier lag. Sein breites Bett war frisch bezogen, und jemand – wahrscheinlich seine Mutter – hatte zwei saubere Handtücher darauf gelegt.

Rudy stellte seinen Koffer ab und wandte sich an Zac. „Ähm, das ist jetzt peinlich. Ich dachte, sie hätten für mich die Camping-Liege aufgebaut." Dann fiel ihm die Bemerkung seiner Mutter ein, wie schön es sei, dass *„Rudy jemanden hat, den er mit nach Hause bringen will"*. Er hatte sich doch deutlich ausgedrückt, dass Zac nur ein Freund war, oder nicht? „Ich frage Mama, wo sie ist, und wir können sie nachher aufstellen."

Zac zuckte mit den Schultern. „Mir ist es gleich. Wenn es dir auch nichts ausmacht? Ich will deiner Familie keine Umstände machen. Und es wäre ja auch nicht das erste Mal, dass wir uns ein Bett teilen."

Rudy stöhnte. „Erinnere mich nur nicht daran. Ich schäme mich wegen dieses Abends immer noch in Grund und Boden."

„Aber ganz im Ernst, es ist okay."

„Na gut."

Rudy war immer noch nicht ganz wohl dabei. Er musste versuchen, so bald wie möglich mit seiner Mutter unter vier Augen zu sprechen, um sicherzugehen, dass sie keine falschen Vorstellungen von der Beziehung zwischen ihm und Zac hatte.

SIEBEN

Die Röte in Rudys Wangen verblasste nach und nach, während sie ihre Taschen auspackten. Sie sortierten ihre Sachen in die leeren Schubladen einer Kommode und hängten ihre Hemden und Hosen im Kleiderschrank auf Bügel.

Das Bett mit Rudy zu teilen, war nicht ideal – Zac hätte es vorgezogen, ein eigenes Bett zu haben, aber sie würden es schon hinbekommen. Zumindest wusste er bereits, dass Rudy nicht schnarchte oder im Schlaf um sich schlug.

Rudy lächelte. „Bist du bereit, nach unten zu gehen? Den Rest vom Clan kennenzulernen?"

Der Gedanke machte Zac sofort wieder nervös, aber Sid und Rose waren sehr nett gewesen. „Sicher."

Er folgte Rudy die Treppe hinunter. Es war unglaublich, dass Rudy in einem Haus wie diesem aufgewachsen war. Zac erinnerte sich an einen Schulausflug in ein Freilichtmuseum mit vielen alten Häusern, die an ihren ursprünglichen Standorten auseinandergenommen, abtransportiert und auf dem Museumsgelände wieder aufgebaut worden waren. Rudys Haus war wie eines dieser Museumsgebäude. Es hatte ein wahrhaftiges, strohgedecktes Dach, komplett unebene Böden, tief hängende Dachbalken und jede Menge Ecken und Winkel. Es war wirklich unheimlich cool.

Sie folgten dem Klang von Unterhaltungen und Gelächter in den hinteren Teil des Hauses und eine Stufe hinunter in eine große Küche mit Steinfußboden, wo eine große Gruppe Leute um einen stabilen Holztisch saß. Eine orangefarbene Katze saß auf der Fensterbank, und eine schwarzweiße lag zusammengerollt in einem Katzenbett auf dem Fußboden neben dem großen AGA-Herd. Das Ganze war ein Bild direkt aus einer von Zacs einsamen Kindheitsfantasien.

Er setzte ein nervöses Lächeln auf und machte sich innerlich für weitere Vorstellungen bereit.

„Hallo, Jungs", begrüßte Rose sie fröhlich. „Kommt und setzt euch. Der Tee ist fertig, und die Mince Pies sind auch genug abgekühlt."

Rudy bot Zac einen Stuhl an und nahm für sich selbst den direkt daneben. „Also, all zusammen, das ist Zac."

Ein Chor von Heys und Hallos erhob sich.

„Zac, das ist mein Vater, Jack ..." Jack stand auf und beugte sich über den Tisch, um Zac einen festen Händedruck anzubieten. „... und Jamie ..." Der blonde Junge von dem Foto nickte schüchtern. „... und Ro."

Ros Haar war rot gefärbt, und sie trug hängende Ohrringe in der Form von Mondsicheln. Sie schenkte Zac ein herzliches Lächeln, stand aber nicht auf, um ihm die Hand zu schütteln. Zac bemerkte die Krücken, die an ihrem Stuhl lehnten. „Hi, Zac. Schön, dich kennen-zulernen."

„Gleichfalls."

Vielleicht war Zac ein wenig paranoid, aber er hatte das Gefühl, ein jeder am Tisch würde ihn gerade beurteilen. Er fragte sich, was für einen ersten Eindruck er wohl machte, und hoffte, den Anforderungen gerecht zu werden.

Er zuckte zusammen, als etwas ihn am Bein berührte. Es war Churchill, der hoffnungsvoll zu ihm aufsah.

„Er bettelt mal wieder", sagte Rudy. „Schieb ihn einfach weg, wenn er dich nicht nerven soll."

„Nein, schon gut." Zac lächelte und streichelte Churchills seidigen, schwarzen Kopf.

Der Hund schnaufte, dann setzte er sich hin und legte seinen Kopf auf Zacs Bein ab.

Nachdem die Vorstellungen erledigt waren, wurde Tee und Kaffee eingeschenkt und Teller ausgeteilt. Rose brachte ein Tablett an den Tisch, auf dem sich Mince Pies türmten. Der Duft von Gebäck, Gewürz und Früchten machte Zac den Mund wässrig. Er nahm einen Mince Pie, der ihm angeboten wurde und erinnerte sich an seine Tischmanieren – er ignorierte Churchills flehenden Blick und biss vorsichtig hinein, um nicht zu krümeln.

Aber er hätte sich gar keine Gedanken machen müssen. Sid aß seinen Mince Pie mit einem Bissen und kaute mit dicken Backen, während ganze Bröckchen des Gebäcks abblätterten und an seinem Kinn hängenblieben.

„Sid", sagte seine Mutter mahnend.

„Was?" Sid schnappte sich einen zweiten Pie. „Du machst die halt immer so köstlich! Und wenn man sie ganz isst, dann schmeckt man bei jedem Mundvoll das perfekt ausgewogene Pie-Mince-Verhältnis!"

Erneut fiel Zacs Blick auf Roses Schürze. Er fragte sich, ob sie vielleicht vergessen hatte, dass sie sie noch immer trug. Die Bommeln waren ziemlich ablenkend. Zac verbarg sein Lächeln hinter der Tasse mit dem Rosenmuster und nahm einen Schluck Tee. Rudys Familie war ... unerwartet. Nicht, dass Zac überhaupt gewusst hätte, was er genau erwarten sollte. Aber ganz sicher hatte er nicht mit einer männlichen Striptease-Schürze gerechnet.

„Um welche Uhrzeit kommen Natalie und Raj?", fragte Rudy.

Jack nahm noch einen Mince Pie. „Ich weiß nicht genau. Sie musste heute Vormittag noch arbeiten, aber sie wollten zum Abendessen hier sein."

Die Unterhaltung am Tisch war lebhaft. Ro fragte Rudy nach seiner Arbeit, und Rudy ließ sich komplett mitreißen und erzählte begeistert von dem, was sie bei Rainbow Futures taten. Zac hatte ihn noch nie so aufgeregt und selbstbewusst gesehen. Im Büro war Rudy immer einer der ruhigsten unter seinen Kollegen. Er sagte selten seine Meinung, außer wenn er direkt gefragt wurde. Und in Meetings neigte er dazu, den Kopf unten zu halten und sich Notizen zu machen. Aber bei seiner Familie war er viel mitteilsamer – geradezu leidenschaftlich.

„Ich bin einfach nur glücklich, etwas zu tun, das wirklich etwas bewirkt, weißt du?", sagte Rudy gerade. „Es ist ein toller Arbeitsplatz, und es ist leicht, motiviert zu bleiben, wenn du das Gefühl hast, etwas von Bedeutung zu tun."

Er gestikulierte, um seine Worte zu untermalen, und in

seinen blauen Augen lag ein Funkeln. Zac gefiel diese Version von Rudy.

Und in diesem Moment, als könnte er Zacs Gedanken lesen, sah Rudy ihm in die Augen und wurde rot. Ihre Blicke hielten sich einige Sekunden. Rudys Gesicht verriet ihn; er war ein offenes Buch und unfähig, sein Interesse zu verbergen. Zac wusste, dass er nur mit dem Finger winken müsste, und Rudy wäre der Seine. Dieses Wissen machte ihn gleichzeitig nervös und freudig erregt. Sie würden sich nachher ein Bett teilen, und die Versuchung, der gegenseitigen Anziehung nachzugeben, würde groß sein. Aber das wäre gegenüber Rudy nicht fair. Nicht, wenn der so offensichtlich für Zac schwärmte, Zac ihm aber nicht mehr bieten konnte als ein einmaliges Zusammensein.

Als die Mince Pies aufgegessen waren, verschwand Jamie irgendwohin, und Sid entschuldigte sich ebenfalls.

„Wahrscheinlich geht er wieder mit seiner Freundin chatten, sagte Rose mit einem gutmütigen Lächeln. „Die erste große Liebe, das ist so süß. Sie sind schon seit Wochen unzertrennlich."

Ihr Blick richtete sich kurz auf Rudy, aber Rudy sah nicht auf.

„Also, dann habt ihr zwei euch auf der Arbeit kennengelernt?", fragte Jack an Zac gewandt.

„Äh, ja." Zac räusperte sich. „Ja. Vor einem Monat ungefähr."

Rose lächelte. „Das ist schön. Nichts geht über eine gute Büro-Romanze."

Zac errötete verwirrt. Er wusste nicht, was er darauf antworten sollte. Was genau hatte Rudy seiner Familie gesagt? Er war einen Seitenblick zu ihm in der Hoffnung auf ein wenig Hilfestellung, aber Rudy fuhr mit dem Finger über einen Kratzer in der abgenutzten Tischplatte und vermied stur Zacs Blick.

„So eine schreibe ich gerade", sagte Ro.

Zac ergriff die Gelegenheit, um das Thema zu wechseln. „Du bist Schriftstellerin?"

„Ja", antwortete sie lächelnd. „Ich, na ja … ich arbeite daran. Im Moment sehe ich mich noch eher als Schreiberin, und nicht als Schriftstellerin. Ich habe ja noch nichts veröffentlicht."

„Natürlich bist du Schriftstellerin. Sie hat einen Vertrag", fiel Rose ein. „Dein erstes Buch erscheint im März, nicht wahr, Ro?"

„Das ist großartig. Glückwunsch", sagte Zac.

„Danke."

Es entstand eine unangenehme Pause, die schließlich unterbrochen wurde, als Churchill unter dem Tisch hervorkam und sich streckte.

„Er muss mal raus", sagte Rose. „Er hatte den ganzen Tag noch keinen richtigen Spaziergang."

„Soll ich mit ihm gehen?", erbot sich Rudy. Er lächelte Zac schüchtern an. „Ich könnte dir die Gegend zeigen. Oh, und eine Führung durchs Haus hast du auch noch nicht bekommen."

„Ja, das hört sich gut an."

„Okay, danke, Liebes." Rose strahlte die beiden an. „Das wäre super."

Sie gingen nach oben, um etwas Wärmeres überzuziehen, und auf dem Weg gab Rudy Zac eine rasche Führung durchs Haus. Unten gab es ein großes Wohnzimmer mit einem riesigen, alten Steinkamin, dann ein recht zugiges

Esszimmer sowie einen weiteren Raum, den Rudy als Arbeitszimmer bezeichnete. Darin standen zwei Schreibtische – einer davon war makellos, mit einem einzigen, ordentlichen Stapel Bücher und einem Becher mit Stiften darauf, der andere war bedeckt mit Haufen von Papieren, manche Stapel gefährlich in Schräglage, und einigen Büchern, aus deren Seiten unzählige Post-its ragten.

„Wer ist der Ordnungsfanatiker, und wer liebt das totale Chaos?", fragte Zac belustigt.

Rudy kicherte. „Mein Papa ist der Ordentliche. Und lass Mama bloß nicht hören, dass du das als Chaos bezeichnest. Sie behauptet, ein sehr ausgeklügeltes System zu haben. Und es scheint auch zu funktionieren, solange niemand auf die Idee kommt, den Schreibtisch aufzuräumen."

Der letzte Raum im Erdgeschoss war ein Badezimmer, das so aussah, als wäre es in den vergangenen fünfzig Jahren nicht mehr umdekoriert worden, mit einer großen Badewanne, einem Waschbecken und einer Toilette. „Im Bad oben gibt es eine Dusche", sagte Rudy. „Und es ist ein wenig moderner. Dieses hier ist im Winter echt kalt, besonders der Boden."

Zac sah hinab auf die Terrakotta-Fliesen und erschauderte beim Gedanken, seine nackten Füße darauf zu setzen. Wie Rudy ihn gewarnt hatte, war das ganze Haus eher kalt, abgesehen von der Küche und dem Wohnzimmer.

Oben in Rudys Zimmer zogen sich die beiden warm an und nahmen auch Mützen und Handschuhe. Als sie wieder nach unten kam, wartete Churchill bereits am Fuß der Treppe, einen erwartungsvollen Ausdruck im Gesicht.

„Er weiß schon Bescheid", sagte Zac grinsend.

„Er weiß immer Bescheid. Na komm, Churchy, Gassi gehen."

„Keine Leine?"

„Er ist ein braver Junge. Solange wir uns von der Straße fernhalten, braucht er keine Leine. Er macht sich vielleicht mal kurz aus dem Staub, wenn er ein Kaninchen riecht oder sowas, aber er kommt zurück, wenn ich ihn rufe."

Sie verließen das Haus durch die Vordertür und gingen den knirschenden Kiesweg entlang. Churchill lief voraus, immer an der Mauer entlang, die offenbar um den Hinterhof herum verlief. Er schien sich sehr sicher zu sein, wohin es gehen sollte.

Es war kurz vor vier, und die Dämmerung kam rasch, nachdem die Sonne erst einmal unter den Horizont gesunken war. Die Luft wurde frostiger.

„Ich glaube, heute Nacht wird es Frost geben." Rudys Atem wurde als Dampfwolke sichtbar, während er sprach.

„ICH WÜNSCHTE, ES WÜRDE SCHNEIEN", sagte Zac wehmütig. „Eine echte weiße Weihnacht hier draußen auf dem Land muss wunderbar sein."

„Es ist wunderschön, das stimmt. Aber wir würden Tage hier festsitzen, falls es mehr als nur ein paar Zentimeter werden. Die Straßen hier in der Gegend sind unpassierbar, falls es Schneeverwehungen gibt. Und die Streuwagen kommen nicht bis hierher, nur bis zur Hauptstraße fünf Meilen von hier entfernt."

Zac konnte sich Schlimmeres vorstellen, als in einer so idyllischen Umgebung festzusitzen. In der Ferne erhoben sich sanfte Hügel, und die einzigen Geräusche waren die letzten Vogelgesänge des Tages. Allerdings wäre es vielleicht unangenehm, für länger bei Rudys Familie festzusitzen, auch wenn sie bis jetzt alle sehr nett erscheinen.

Der Pfad führte zu einem Tor. Es quietschte, als Rudy es öffnete. Churchill raste los und verschwand in einer Art Obsthain. Das Grass unter ihren Füßen war dicht und feucht, und Zacs Turnschuhe sogen sich rasch voll. Vor ihnen erstrecken sich lange Reihen von Bäumen, und in der Dämmerung hatte der Anblick etwas Magisches – eine ungezähmte Sammlung von Silhouetten in allen Formen und Größen, deren verdrehte Zweige sich scharf gegen das dunkler werdende Blau des Himmels abhoben.

„Was sind das für Bäume?", fragte Zac.

„Überwiegend Apfelbäume. Dazwischen gibt es irgendwo noch einen Zwetschgenbaum und ein paar Birnbäume, aber der Rest sind Äpfel. Hauptsächlich zum Saftmosten, aber ein paar sind auch zum Essen."

„Macht ihr tatsächlich Saft daraus?"

„Ja. Na ja, gewissermaßen. Meine Eltern verkaufen sie an eine Farm ein Stück die Straße hinunter, und die machen den Saft. Aber wir bekommen immer ein paar große Kanister zurück. Ist Teil des Deals."

Dann senkte sich Schweigen zwischen ihnen, während sie durch die Bäume gingen. Churchill lief voran, schnüffelte hier und da, wedelte mit dem Schwanz und pinkelte alles an, was er konnte.

Eine Frage formte sich in Zacs Kopf. Es war ihm unangenehm, sie zu stellen, aber er musste es wissen. „Rudy ..."

Etwas in Zacs Tonfall veranlasste Rudy, stehenzubleiben und Zac anzusehen. „Ja?"

„Deine Mutter sagte vorhin etwas, und ich frage mich ... denken sie, dass wir ein Paar sind?"

„Äh ..." Rudy zog den Kopf ein und scharrte mit einem Fuß im hohen Gras. „Ich bin, ehrlich gesagt, nicht ganz sicher. Aber es sieht ganz so aus, oder? Ich schwöre, ich habe nichts gesagt, was sie auf die Idee gebracht haben könnte. Ich schätze, Mama hat einfach die falschen Schlüsse gezogen. Ich werde nachher mit ihr reden und klarstellen, dass wir nur Freunde sind."

Nur Freunde – waren sie das? Noch vor wenigen Tagen waren sie nicht einmal das, aber Zac fühlte bereits jetzt eine gewisse Zuneigung zu Rudy. Er starrte Rudy in der Dämmerung an. Dessen Wangen waren von der Kälte gerötet – wie wahrscheinlich auch vor Verlegenheit – und sein Blick war offen und aufrichtig.

Der Drang, ihn zu küssen, traf Zac wie ein Schlag vor die Brust, aber er widerstand. Er wollte die Dinge nicht komplizieren. „Okay", sagte er.

Rudy ließ ein wenig die Schultern hängen. Dann drehte er sich um und ging weiter.

Zac fiel neben ihm in Gleichschritt. Das Ganze verwirrte ihn. Er fühlte sich auf eine Art zu Rudy hingezogen, die ihn beunruhigte. Und er hatte den Verdacht, dass es schwierig werden würde, seine Gefühle aus dem Spiel zu lassen, sollte er dem Verlangen nachgeben, das zwischen ihnen knisterte. Und das wollte er auf keinen Fall. So etwas führte nur zu Enttäuschungen, denn Leute gaben einem nie, was man sich wünschte, und am Ende stand man immer allein da.

ACHT

Als sie zum Haus zurückkamen, waren gerade Natalie und Raj angekommen, weshalb lautes Durcheinander herrschte, mit vielen Umarmungen und Küssen.

Rudys Mutter stellte Zac als Rudys *Freund* vor, und wie sie das Wort betonte, bestätigte Rudys Verdacht, dass sie zwei und zwei zusammengezählt und fünf herausbekommen hatte – oder fünfhundert, so wie er sie kannte.

„Hi, Rudy." Natalie schloss ihn in die Arme. Dann schüttelte sie Zac die Hand und lächelte. „Du musst Zac sein. Hallo."

Raj schüttelte ihnen ebenfalls die Hände. „Schön, dich kennenzulernen, Zac."

Rose sah auf ihre Uhr. „Oh, Sid. Vergiss nicht, dass du bald Großvater abholen musst. Er erwartet dich um fünf."

„Okay." Sid nahm die Autoschlüssel vom Teller auf dem Flurtisch und schlüpfte in seinen Mantel. „Ich fahre jetzt."

„Natalie und Raj, bringt euer Zeug in Natalies Zimmer, und ich setze Wasser auf. Tee? Kaffee?"

„Tee, bitte", sagte Natalie, und Raj nickte zustimmend.

„Jamie, kannst du bitte noch etwas Holz ins Kaminfeuer im Wohnzimmer tun? Ich bringe gleich den Tee und noch ein paar Mince Pies", dirigierte Rose.

„Braucht ihr Hilfe mit eurem Gepäck?", fragte Rudy Natalie.

„Ja, vielleicht. Ich habe wie üblich wieder viel zu viel eingepackt, stimmt's, Schatz?" Sie grinste Raj an, der zurücklächelte.

„Nur ein bisschen."

Rudy und Zac halfen den beiden, ihre Taschen nach oben zu tragen, dann gingen alle hinunter ins Wohnzimmer.

Jamie hatte das Kaminfeuer angefacht. Der Duft des brennenden Holzes zusammen mit dem Anblick des Christbaums, der mit demselben, alten Schmuck aus seiner Kindheit dekoriert war, verursachten bei Rudy ein heftiges Aufwallen von Nostalgie. Lichterketten hingen über dem Kaminsims, und irgendwer – wahrscheinlich sein Vater – hatte Stechpalmenzweige und Stränge von Efeu geschnitten und sie über die Bilder an der Wand drapiert. Es war ein wenig unordentlich und wunderbar, und Rudy war froh, zuhause und bei den Menschen zu sein, die er am meisten von allen auf der Welt liebte. Ein warmes Glücksgefühl durchflutete ihn.

Er warf einen Blick zu Zac, der neben Natalie saß und bereits in ein angeregtes Gespräch mit ihr verwickelt war. Nat konnte gut mit Leuten umgehen und hatte ein Gespür dafür, wie man andere dazu brachte, sich zu entspannen. Rudy sah Zac lächeln, und ein Hauch von Wehmut mischte sich in sein Wohlbefinden. *Wenn er doch nur ...*

Er brachte den Gedanken nicht zu Ende. Es war gefährlich, solche Wünsche zu haben. Sie wurden niemals wahr, das wusste jeder.

„Ich gehe mal nachsehen, ob Mama Hilfe braucht." Rudy schlüpfte aus dem Zimmer in der Hoffnung, sie allein zu erwischen.

Er hatte Glück. Sie goss gerade den Tee in der Kanne auf, als er hereinkam.

Sie sah auf und lächelte. „Hallo, Schatz. Kannst du bitte die Mince Pies oben aus dem AGA nehmen? Sie sollten jetzt warm sein."

Rudy zog die Ofenhandschuhe an und nahm das Backblech heraus. „Mama, wegen mir und Zac ..." Er zögerte und suchte nach den richtigen Worten.

„Oh, er ist so liebenswürdig", schwärmte sie. „Ich freue mich so, dich mit einem so wunderbaren, jungen Mann zu sehen. Und wie du ihn anschaust ... tja, ich weiß, du hörst nicht gern Worte wie *süß* und *hinreißend*, als sag ich's nicht. Aber du machst es mir nicht leicht."

„Ähm." Rudy wurde rot bis in die Ohrenspitzen. Er wusste nicht, was er sagen sollte.

„Tut mir leid, falls ich dich in Verlegenheit bringe. Aber es ist so schön, dass du endlich mal einen festen Freund mit nach Hause bringst. Ich war begeistert, als du gefragt hast, ob du ihn mitbringen kannst. Ich habe mir immer ein wenig Sorgen gemacht, weißt du? Es war, als hättest du gar kein Interesse daran, eine Beziehung mit jemandem zu haben, und ich hasste den Gedanken, dass du einsam warst. Ich bin einfach nur froh, dass du nun jemanden hast. Bist du glücklich?"

Rudy öffnete den Mund, aber es kam nichts heraus.

Die Sache war ihm so unangenehm, dass von seinem eben noch so warmen Glücksgefühl nicht viel übrig blieb. „Ja", krächzte er schließlich. „Ja, es ist toll."

Die Lüge blieb ihm fast im Hals stecken, aber seine Mutter schien nichts zu merken. Lächelnd stellte sie Tassen, Milch und Zucker auf ein Tablett.

„Kannst du das bitte ins Wohnzimmer tragen, Schatz? Es ist schwer. Ich bringe die Mince Pies, und dann hole ich den Weihnachtskuchen."

Als Rudy mit dem Tablett ins Wohnzimmer zurückkam, konnte er Zac nicht in die Augen sehen. Was zum Henker war gerade passiert?

Er wäre am liebsten umgekehrt und hätte das Gespräch mit seiner Mutter noch einmal von vorn begonnen. Aber es war zu spät. Warum hatte er das nur getan? Und was, verdammt, sollte er jetzt tun?

Vielleicht, wenn er einfach nichts sagte, würde Zac denken, dass er mit seiner Mutter gesprochen und die Missverständnisse ausgeräumt hatte?

Rudy nahm die Teetasse, die ihm jemand reichte, und legte seine Hände darum. Die Wärme tat gut an den Händen. Ja. Vielleicht brauchte Zac es gar nicht zu erfahren. Und es machte auch eigentlich keinen Unterschied, was seine Familie dachte, oder?

Er setzte sich neben Jamie, der auf seiner Playstation spielte und schaute ihm über die Schulter. Es war eine gute Ablenkung, und als wenig später Sid mit Großvater eintraf, hatte Rudy sich wieder ein wenig beruhigt.

„Papa!", begrüßte Rudis Mutter Großvater. Sie umarmte und küsste ihn, bevor alle anderen an der Reihe waren.

Großvater nahm Rudy fest in die Arme. So schmal und zerbrechlich er dieser Tage auch wirkte, seine Umarmungen waren immer noch kräftig und voller Zuneigung.

„Schön, dich zu sehen, Rudy." Großvater klopfte ihm auf die Schulter, als er ihn losließ.

Als Rudy noch klein war, hatten sie sich stets sehr nahegestanden. Großvater hatte ihm Schachspielen und Backgammon beigebracht, und sie hatten viele Puzzle zusammen gelöst.

Mama zog Zac am Arm nach vorn. „Papa, das ist Zac, Rudys fester Freund." Sie strahlte. „Zac, das ist mein Vater Alan."

Zac zuckte nicht einmal mit der Wimper, das musste man ihm lassen. Er lächelte überzeugend und schüttelte Großvaters Hand. „Alan." Er nickte. „Sehr angenehm."

Großvater nahm Zacs Hand in beide Hände und tätschelte sie. Seine Augen leuchteten, als er Rudy ansah. „Zac. Wie schön, dich kennenzulernen. Willkommen in der Familie."

Rudys Wangen wurden heiß, und er senkte den Kopf. War es möglich, dass man vor Verlegenheit in Flammen aufging? Vielleicht war das der Grund für die angeblichen Fälle von spontaner Selbstentzündung, über die man gelegentlich im Internet las? Todesursache: Verlegenheit.

Nachdem sie Großvater in seinem Lehnsessel platziert und all sich wieder hingesetzt hatten, vermied Rudy Zacs Blick. Er sah einfach nur elend da und verfluchte sich selbst und seine Dummheit.

 • • •

SCHLIESSLICH BEKAM RUDY GELEGENHEIT, mit Zac zu reden, als sie vor dem Abendessen nach oben gingen, um sich umzuziehen. Die Familie kleidete sich zum Essen nicht formell, aber Rudy wollte sein T-Shirt gegen ein richtiges Hemd tauschen. Als er aufstand und sich entschuldigte, folgte Zac ihm.

„Scheiße. Tut mir leid wegen Mama", sagte Rudy, sobald sie die Tür geschlossen hatten. Er setzte sich auf die Bettkante und streichelte Hardy, die orangefarbene Katze, die sich auf der Bettdecke zusammengerollt hatte. „Ich habe versucht, es ihr zu erklären, ehrlich."

Zac hob ungläubig die Augenbrauen. „So schwer zu erklären ist es doch nicht. ‚Wir sind nur Freunde' sollte dazu eigentlich ausreichen. Oder vielleicht ‚Wir sind nicht in einer Beziehung'." Er verschränkte die Arme vor der Brust und wartete.

Rudy seufzte unglücklich. Hardy, der von seinem Elend nichts mitbekam, streckte sich und schnurrte unter seiner Hand. „Ich wollte ihr das sagen, aber dann fing sie an zu schwärmen, wie glücklich sie wäre, mich mit jemandem zusammen zu sehen. Sie freut sich einfach unheimlich, weil sie denkt, ich hätte endlich einen festen Freund ... und ich wollte sie nicht enttäuschen, besonders nicht an Weihnachten." Er streichelte Hard noch einmal und starrte auf seine eigene Hand, anstatt Zac anzusehen.

„Du hattest noch nie einen festen Freund?" Zac klang überrascht.

„Nein." Rudy wand sich unbehaglich. Gott, er war so erbärmlich. „Ich weiß, es ist lächerlich. Ich meine, ich bin vierundzwanzig Jahre alt. Aber ich bin schüchtern und nicht gut im Flirten. Und wenn ich mal in jemanden verknallt bin, wird das nie erwidert."

„So schlecht im Flirten warst du gar nicht, als neulich Abend etwas Tequila intus hattest."

Rudy sah auf und stellte fest, dass Zacs Lippen sich zu einem Lächeln verzogen. Das erleichterte ihn, wenn auch nur ein klitzekleines Bisschen. Zac schien nicht sauer zu sein. Gott sei Dank. „Na ja ... kann sein. Aber wir erinnern uns ja wohl beide daran, wie der Abend dann verlaufen ist. Ich würde das nicht unbedingt als erfolgreich bezeichnen." Ihm wurde bewusst, dass sie vom Thema abgekommen waren. „Jedenfalls, es tut mir echt leid, dass ich Mama nicht die Wahrheit gesagt habe. Sie hat mich mit ihrer unerwarteten Schwärmerei total aus dem Konzept gebracht, und ich konnte es einfach nicht. Ich versuche es nachher noch einmal, versprochen."

Sie starrten einander einen Moment lang an. Rudy konnte den Blick nicht von Zacs dunklen Augen abwenden.

Zac runzelte die Stirn, und er schien über irgendetwas nachzudenken. Schließlich sagte er: „Das musst du nicht."

„Was muss ich nicht?"

„Du musst es ihr nicht sagen. Dass wir nicht zusammen sind, meine ich."

Rudy schluckte. Er hatte keine Ahnung, worauf Zac hinauswollte. Hoffnung stieg auf, langsam und flatternd, wie ein Schwarm Schmetterlinge in seinem Bauch. „Ich ... ich verstehe nicht."

„Es macht mir nichts aus, wenn sie das denken. Wir können es ein paar Tage lang vortäuschen, wenn du willst."

Die Enttäuschung bei dem Wort *vortäuschen* war wie

ein Eimer kaltes Wasser für Rudys Hoffnung. Natürlich interessierte Zac sich nicht wirklich für ihn – er war ein Idiot, sich das auch nur auszumalen. „Du meinst, wir tun so, als ob wir zusammen wären?"

Zac zuckte die Achseln. „Ja. Ich finde, es macht keinen Unterschied, was sie glauben. Und auf diese Weise machst du deine Mutter glücklich und musst an Weihnachten keine unangenehme Unterhaltung mit ihr führen."

„Ja, ich schätze, das stimmt ... vielleicht?" Rudy war verunsichert. Der Gedanke war verlockend. Seine Mutter drängte ihn zwar nie, einen festen Freund zu finden, aber gelegentlich fragte sie ihn danach. Und er konnte stets ihre Enttäuschung spüren, wenn seine Antwort wieder einmal nein lautete. „Ich kann ihnen im Januar einfach sagen, wir hätten Schluss gemacht. Dann wird keiner irgendetwas merken."

„Genau."

„Aber bist du dir sicher? Du selbst hast doch nichts davon."

Zac zuckte lässig mit den Schultern. „Ich möchte deine Eltern ebenfalls nicht enttäuschen. Es ist wirklich nett von ihnen, mich so kurzfristig zu Besuch kommen zu lassen. Das Missverständnis ist nun mal passiert, und ich will jetzt keine unnötigen Wellen schlagen. Du bist süß, und wir müssen ja nicht viel tun, um sie zu überzeugen. Keine Zärtlichkeiten vor aller Augen oder sowas, wir leugnen es einfach nur nicht."

Rudy wurde rot über das Kompliment. Zag fand ihn süß! Ihm war zwar nicht ganz wohl dabei, seine Familie zu beschummeln, aber es war ja nicht direkt Lügen, oder? Außerdem hatte er Zac schließlich geküsst, also war es nicht so, als wäre gar kein Interesse da. Und würde Zac ihn wirklich als festen Freund haben wollen, würde Rudy keine Sekunde zögern. Zu schade, dass eine vorgetäuschte Beziehung alles war, was Rudy von ihm bekommen würde.

Er verdrängte seine Enttäuschung. Es war ja nicht ganz so übel. Zac fand Rudy süß, und er war über Weihnachten hier. Und Rudys Familie würde nun nicht mehr denken, dass er ein hoffnungsloser Fall war, der keinen festen Freund abbekam.

NACHDEM SIE SICH UMGEZOGEN HATTEN, gingen sie wieder hinunter. Sowohl aus der Küche als auch aus dem Wohnzimmer waren Gespräche zu hören.

„Wo wollen wir hingehen?", fragte Rudy. „Wir können in der Küche helfen oder uns ins Wohnzimmer setzen, wo wir nicht im Weg sind."

„Ich helfe gern, wenn es etwas zu tun gibt."

„Es gibt immer irgendetwas zu tun. Mama kocht heute Abend, und sie ist die nicht Organisierteste. Ein paar zusätzliche Hände sind ihr immer willkommen."

Natalie, Raj und Ro saßen am Küchentisch, jeder ein Glas Wein vor sich. Raj schälte Karotten, und Natalie hackte sie.

Rudys Mutter trug immer noch ihre bizarre Stripper-Schürze. In einer Hand hielt sie ein großes Weinglas, mit der anderen rührte sie in einem Schmortopf. Die Fransenbommel an der Schürze schwangen auf verstörende Weise hin und her, während sie sich bewegte.

„Oh, hallo Jungs", sagte sie, als die beiden hereinkamen. „Nehmt euch selbst etwas zu trinken, ja? Der Rote steht offen an der Seite, Weißwein und Bier sind im Kühlschrank."

„Was hättest du gern, Zac?", fragte Rudy.

„Bier, bitte."

Rudy nahm zwei Bier für sich und Zac aus dem Kühlschrank. Es war Flaschenbier, weshalb er sich nicht die Mühe machte, Gläser herauszuholen. „Hier, bitte sehr."

„Danke." Zac nahm sein Bier.

Rudy ging zu seiner Mutter und schaute ihr über die Schulter. Das Zeug in dem Topf roch großartig. „Können wir irgendetwas tun, Mama?"

„Du kannst die Herdklappe für mich aufmachen, damit ich den Topf wieder hineinschieben kann. Und dann müssen noch Kartoffeln geschält werden."

Rudy bückte sich, öffnete die Herdklappe und blinzelte, als ihm ein Schwall heißer Luft entgegenkam.

Sobald der Topf im Herd war, legte seine Mutter einen großen Sack Kartoffeln und ein paar Schälmesser auf den Tisch. „Bitte sehr. Damit solltet ihr ein Weilchen beschäftigt sein."

Rudy und Zac setzten sich an den Tisch und gingen an die Arbeit. Ro schnappte sich eins der Schälmesser und half ebenfalls. Gelegentlich stieß Zacs Knie unter dem Tisch gegen Rudys, und ein- oder zweimal berührten sich ihre Hände, wenn sie nach den Kartoffeln griffen.

Jedes Mal durchfuhr Rudy freudige Erregung.

DAS ABENDESSEN WAR EINE LAUTE, chaotische Angelegenheit – das waren die gemeinsamen Mahlzeiten in Rudys Familie immer. Sie quetschten sich um den

Küchentisch herum, der gerade lang genug war für alle zehn. Rudy saß dicht gedrängt und glücklich neben Zac, und ein Tischbein stand gerade so, dass er keine andere Wahl hatte, als seinen Oberschenkel gegen Zacs zu drücken.

„Mama, hast du etwas vergessen?", fragte Natalie mit Blick auf die wackelnden Bommeln an der Schürze, als ihre Mutter ich setzte.

„Oh, ich vergesse die immer. Tut mir leid." Sie legte die Schürze ab, knautschte sie zu einem Ball und warf sie hinter sich auf die Arbeitsplatte.

Es gab herzhaften Lammauflauf mit Kartoffelpüree, Gemüse und knusprigem Brot. Alles stand auf dem Tisch, und jeder bediente sich selbst oder reichte die Schüsseln an jene weiter, die zu weit weg saßen.

Mit Ausnahme von Jamie tranken alle Wein, und der Lärmpegel wuchs, je mehr getrunken wurde. Zac war stiller als die anderen; er antwortete auf Fragen, trug aber sonst wenig bei. Seine Gegenwart neben Rudy fühlt sich gut an. Es war leicht, sich vorzustellen, dass Zac tatsächlich sein fester Freund war, und Rudy wünschte, es wäre wahr.

ALS DER ERSTE Gang vertilgt war, gab es rund um den Tisch nur noch rotwangige, lächelnde Gesichter. Alle halfen beim Abräumen.

„Natalie, kannst du das Trifle holen?", fragte Rose. „Es steht in der Speisekammer im Kühlschrank. Dein Vater es gestern gemacht."

Als Natalie zurückkam, trug sie eine gigantische Schüssel. Jacks Trifle war legendär, hauptsächlich, weil es

Unmengen Sherry enthielt. „Mama, wusstest du, dass da ein Haufen Mistelzweige liegt? Wolltet ihr die irgendwo aufhängen?"

„Oh, aber natürlich! Die habe ich heute Morgen erst gekauft und dann total vergessen. Jack, kannst du sie jetzt aufhängen? So wie immer im Türbogen?"

„Natürlich, Schatz." Jack stand auf und kehrte wenig später mit den Mistelzweigen und etwas Schnur zurück. Der Kochbereich der Küche war durch einen offenen Türbogen vom Essbereich getrennt. Jemand hatte dort bereits Lichterketten und Efeu zur Dekoration angebracht, aber der Haken in der Mitte war noch leer. Und dort hängte Jack nun die Zweige auf. Sie waren mit einer roten Schleife zusammengebunden und sahen hübsch aus mit ihren blassgrünen Blättern und glänzenden, weißen Beeren.

„Also, dann komm!" Jack wartete, die Hände in die Hüften gestemmt, schloss seine Augen und schürzte die Lippen.

Rose eilte lachend zu ihm. Sie nahm sein Gesicht in beide Hände und drückte ihm einen Kuss auf den Mund. Als sie zurücktreten wollte, packte Jack sie und küsste sie gründlicher. „Frohe Weihnachten, mein Schatz", sagte er, als er sie schließlich wieder losließ. Rose wurde rot und kicherte.

Die große Schüssel wurde herumgereicht, sodass Jack Portionen seines Trifles austeilen konnte. Was ihm an der angemessenen Präsentation mangelte, machte er durch die schiere Größe der Portionen wieder wett.

„Ich hoffe, du magst Trifle", sagte Rudy grinsend, als die Schüssel vor Zac hinstellte.

„Ich liebe es", versicherte Zac ihm. „Ich habe allerdings noch nie hausgemachtes gegessen, nur das aus dem Supermarkt."

Rose keuchte. „Oh! Das ist nicht das Gleiche. Zum Beispiel ist da nur Gelee drin anstelle von echten Himbeeren."

„Ich dachte, in Trifle gehört Gelee?", fragte Raj.

Stöhnen und Lachen erhob sich um den Tisch.

„Provozier sie bloß nicht!", warnte Natalie. „Meine Familie kann stundenlang über das richtige Trifle-Rezept streiten. Du musst nur wissen, dass Trifle in *dieser* Familie garantiert keinen Gelee enthält. Und jetzt iss."

Zac nahm einen löffelvoll. Der begeisterte Laut, den er von sich gab, ließ Rudy auf seinem Stuhl hin- und herrutschen. „Wow! Gelee oder nicht, das ist köstlich." Es war das erste Mal, dass Zac so selbstsicher zum ganzen Tisch sprach.

„Oh, danke sehr." Jack hob sein Glas und schenkte Zac ein warmes Lächeln.

„Ich sage nur die Wahrheit." Zac nahm einen weiteren löffelvoll.

Rudy konnte nicht aufhören, Zacs Adamsapfel anzustarren, als Zac schluckte. Als er mühsam den Blick abwandte, stellte er fest, dass Natalie ihn wissend angrinste. Mit glühenden Wangen richtete Rudy seine Aufmerksamkeit auf seinen eigenen Nachtisch.

Nach dem Essen übernahm die jüngere Generation das Aufräumen, angeführt von Natalie. Rose und Jack, die gekocht hatten, wurden von ihr mit mehr Wein ins Wohnzimmer verbannt, zusammen mit Ro und Großvater.

Während sie Teller, Schüsseln und Besteck vom Tisch

zum Geschirrspüler trugen, erwischte Natalie Raj unter dem Mistelzweig und küsste ihn. Sie schlang die Arme um seinen Hals, bis er sie packte, hochhob und im Kreis schwang. Sid stieß einen langgezogenen Pfiff aus, und Jamie rief: „Sucht euch ein Zimmer!"

Natalie lachte. „Wir haben eins, aber es ist noch zu früh, um ins Bett zu gehen." Zu Raj sagte sie: „Du kannst mich jetzt herunterlassen." Dann löste sie sich von ihm und machte mit dem Aufräumen weiter.

Sobald die Küche ordentlich und sauber war, nahmen sie ihre Getränke und gesellten sich zu den anderen. Als Zac und Rudy durch den Türbogen gingen, klatschte Natalie in die Hände. „Gib ihm einen Kuss, Rudy! Es bringt Pech, wenn du es nicht tust."

Rudy erstarrte. Es sah hinauf zu dem Mistelzweig, dann wieder zu seiner Schwester, die die Hände in die Hüften gestemmt hatte. „Es bringt kein Pech, wenn man sich nicht unter einem Mistelzweig küsst. Das hast du dir gerade ausgedacht."

„Wie auch immer. Es ist Tradition. Sei kein Spielverderber."

„Ja, komm schon, Rudy", sagte Zac leichthin. „Man könnte fast denken, du willst mich nicht küssen."

Rudy starrte in Zacs braune Augen und schluckte. Er wollte Zac wahnsinnig gern küssen, aber es wäre ihm lieber gewesen, wenn nicht all seine Geschwister dabei zuschauten. Aber jetzt konnte er keinen Rückzieher machen. Er trat näher und beugte sich zu Zac, um ihm ein flüchtiges Küsschen zu geben. Aber als ihre Lippen sich trafen, hob Zac die Hand und legte sie um Rudys Nacken. Es war ein keuscher Kuss, aber auch süß und zärtlich. Zac hielt Rudy einige Sekunden lang so fest, während Rudy das Herz in der Brust flatterte wie ein aufgeschreckter Vogel. Als Zac ihn wieder losließ, war Rudy sicher, dass seine Wangen so rot waren wie die Schleife um den Mistelzweig.

„Ohh", machte Natalie verzückt, und Sid pfiff erneut.

„Ihr seid alle echt widerlich", grummelte Jamie. „Ich verstehe nicht, wieso Leute überhaupt knutschen wollen."

„Du wirst es verstehen, wenn du in die Pubertät kommst." Sid zerzauste seinem Bruder das Haar.

Jamie duckte sich und machte Würg-Geräusche. „Nö. Niemals. Eklig! Und jetzt hört mit der Knutscherei auf und lasst uns ein paar Spiele spielen."

„Spiele?", fragte Zac, als sie durch den Flur ins Wohnzimmer gingen.

„Ja, das ist Familientradition zu Weihnachten. Hat Rudy dich nicht gewarnt?", fragte Natalie.

„Nein, hat er nicht." Zac runzelte die Stirn.

„Tut mir leid." Rudy grinste entschuldigend.

„Keine Bange", sagte Natalie. „Nichts allzu Schlimmes. Und wenn Großvater hier ist, spielen wir nicht *Cards against Humanity*, das ist also schonmal was."

NEUN

„Was für Spiele?" Zac packte Rudys Arm und brachte ihn im Flur zum Stehen, während die anderen schon ins Wohnzimmer gingen.

„Oh, nur so Sachen wie Pictionary, vielleicht Scharade. Und manchmal spielen die Kids sowas wie Mord im Dunkeln oder Sardinen." Rudy wirkte ein wenig verlegen. „Keine Bange. Das macht Spaß, ehrlich."

Zac schnaufte. Aber es fiel ihm schwer, Rudy böse zu sein. Und da das Bier und der Wein Zacs Hemmungen schon so weit gelöst hatten, dass er Rudy unter dem Mistelzweig küsste, dann würde er sicher auch mit allem klarkommen, was Rudys Familie an Spielen geplant haben mochte. Er dachte immer noch an den Kuss. Rudy war so verdammt süß. Wie er Zac so von unten herauf angesehen hatte und danach rot geworden war ... das war viel zu anziehend gewesen.

Lass die Sache nicht kompliziert werden!

Irgendwie hielt Zac Rudys Arm immer noch fest, als sie ins Wohnzimmer kamen, und ihm fiel erst auf, was er da machte, als Roses Blick zu seiner Hand wanderte. Sie sah Zac in die Augen und schenkte ihm ein vertrauliches Lächeln.

Zac wurde von gemischten Gefühlen überwältigt – er war glücklich darüber, dass sie ihn so problemlos akzeptierte, fühlte sich aber gleichzeitig schuldig wegen der Täuschung. Hastig ließ er Rudy los, setzte sich aber neben ihn aufs Sofa.

Jamie kniete auf dem Boden und zappelte ungeduldig. „Was wollen wir spielen? Hat jemand Lust auf Twister?"

„Gott, nein", stöhnte Natalie. „Nicht direkt nach dem Essen. Morgen vielleicht", fügte sie hinzu, als Jamies Miene in sich zusammenfiel.

„Außerdem können Großvater und Ro auch nicht Twister spielen", sagte Rose. „Wie wäre es mit Scharade? Da können wir alle mitmachen."

„Okay. Ich hole Papier und Stifte", sagte Jamie und trottete davon.

Sie teilen sich in zwei Teams, und Rudy erklärte Zac die Regeln.

„Du musst darstellen, was immer auf deinem Papier steht. Es kann ein Film, eine TV-Serie oder ein Buch sein. Du benutzt deine Finger, um anzuzeigen, wie viele Wörter es sind, und dann die Finger auf deinem Arm, so wie ich es jetzt mache, um die Anzahl der Silben eines Wortes anzuzeigen. Du kannst ein Wort nach dem anderen raten lassen, und du darfst Geräusche machen und Gegenstände benutzen. Alles klar?"

„Okay." Zac hatte so etwas Ähnliches schon einmal auf einer Party gespielt, aber das war schon lange her.

Als sie anfingen zu spielen, stellte Zac fest, dass Rudys

Familienmitglieder sehr unterschiedliche schauspielerische Begabungen hatten. Natalie und Sid waren wirklich gut, aber Jack wiederholte dieselbe Aktion immer und immer wieder und wurde ganz frustriert, als die anderen nicht verstanden, was er zu zeigen versuchte. Er zog einen Kreis in die Luft, dann machte er eine Geste, die aussah wie fallender Regen. Sein Team, in dem auch Rudy und Zac waren, kam kein Stück voran.

„Versuch etwas anderes, Papa", schlug Sid vor. „Oder kannst du ein Geräusch machen?"

Jack schnaubte und schüttelte den Kopf.

„Die Zeit ist um!", rief Natalie, nachdem die Stoppuhr auf ihrem Telefon gepiept hatte.

„Es war *The Shining*!", sagte Jack entrüstet. „Wie konntet ihr das nur nicht sehen? Ich habe die Sonne dargestellt!"

„Tut mir leid, Papa." Rudy zuckte die Achseln.

Als Zac an der Reihe war, etwas darzustellen, stand auf seinem Papier *Moby Dick* in einer Handschrift, die ihn vermuten ließ, dass sie von Jamie stammte. Und Jamie war im anderen Team, was seinem eigenen Team hierbei nicht helfen würde. Zac überlegte, wie er es am besten anstellte, den Roman darzustellen.

„Achtung, fertig, los!", sagte Natalie.

Zac seufzte und vollführte die entsprechenden Gesten für Buch, Film, zwei Wörter. Dann versuchte er sich in Schauspielkunst, aber es war verdammt schwer, sich wie ein riesiger Wal zu verhalten. Er warf sich auf den Boden und wand sich hin und her, worüber alle lachten. Dann versuchte er, Harpunen und Speere darzustellen – er hatte die Details der Waljagd nicht so genau im Kopf. Jamie lachte sich schräg, was Zac deutlich zeigte, dass wenigstens eine Person im Raum sehr genau wusste, wie die Lösung lautete.

Schließlich lief ihm die Zeit davon. Als verdrehte er die Augen, machte das Zeichen für „zweites Wort" und zeigte in seinen Schritt.

Sein gesamtes Team, Rudys Eltern eingeschlossen, brüllte: „Moby Dick!" Dann brachen alle in heilloses Gelächter aus.

Rose lachte so sehr, dass ihr Tränen übers Gesicht liefen. Sie wischte sie fort. „Oh Zac, du bist mir Einer. Wieso in aller Welt hast du das nicht sofort gemacht?"

Zac zuckte die Achseln und lächelte verlegen. „Ich habe versucht, jugendfrei zu bleiben." Er setzte sich wieder auf seinen Platz neben Rudy.

Rudy schnaubte. „Ich glaube, du hast inzwischen genug von meiner Familie gesehen, um zu wissen, dass es nicht wirklich jugendfrei zugeht."

„Ja." Zac sah sich unter den grinsenden Gesichtern um. „Ich denke schon."

Als Raj an der Reihe war, saßen Zac und Rudy eng nebeneinander. Rudys Nähe und die unvoreingenommene Akzeptanz durch seine Familie riefen gefährliche Emotionen in Zac wach; sie stiegen und schwollen in seiner Brust, bis sie ganz eng wurde und er sich wünschte, es wäre wahr. Es wäre schön, Rudys fester Freund zu sein, und von dieser lustigen, großartigen Familie akzeptiert zu werden, wäre fantastisch. Plötzlich wünschte er sich Dinge, von denen zu träumen er sich sonst nie erlaubte.

Zac war es nicht gewohnt zuzulassen, dass er Menschen gern hatte. Er vertraute niemandem. Aber hier in dem lauten, liebevollen Chaos von Rudys Familie an Weihnachten fragte er sich, ob er vielleicht etwas anderes versuchen sollte. Vielleicht war es an der Zeit, Menschen an sich heranzulassen und ihnen eine Chance zu geben. Vielleicht sollte er Rudy eine Chance geben.

Er warf einen Blick zur Seite, und Rudy drehte den Kopf zu ihm und lächelte schüchtern.

Einem Impuls folgend, den er gar nicht erst versuchte zu unterdrücken, nahm er Rudys Hand. Rudy riss überrascht die Augen auf. Seine Wangen wurden knallrot, aber er ließ Zac seine Hand halten und verschränkte ihre Finger miteinander. Und als Zac drückte, drückte Rudy zurück.

NACH DIESER ERSTEN, harmlosen Berührung änderte sich etwas. Zac glitt wie von selbst in die Rolle als Rudys fester Freund. Eine sanft köchelnde Spannung baute sich zwischen ihnen auf, während sie heimliche Blicke und weitere kleine Berührungen tauschten. Ihre Knie lagen aneinander, und als Rudy aufstand, weil er an der Reihe war, legte er kurz seine Hand auf Zacs Knie.

Als Rudy sich wieder setzte, legte Zac einen Arm um ihn, weil es so bequemer war auf dem überfüllten Sofa. Natalie und Raj saßen ganz genauso zusammen. Niemand zuckte auch nur mit der Wimper über Rudy und Zac.

Alle tranken immer noch Wein, wenn nun auch deutlich langsamer, und Zac spürte einen angenehm warmen Schwips. Er machte ihn selbstsicher und verwegen auf eine Weise, die er sonst nie unter Menschen war.

Als das Spiel vorbei war, schlug Jamie vor, als Nächstes Sardinen zu spielen.

„Tja, da muss ich passen", sagte Ro und tippte ihre Krücken an. „Ihr wollt nicht, dass ich im Dunkeln durchs Haus tappe. Das geht nicht gut aus."

„Ich werde dir hier Gesellschaft leisten", sagte Großvater. „Ich bin zu alt für sowas. Aber ihr anderen macht nur."

Rose kicherte. „Ich bin ziemlich sicher, das Jack und ich ebenfalls zu alt dafür sind, aber wir spielen trotzdem mit."

„Super!" Jamie strahlte. „Je mehr Leute, desto besser."

„Wie spielt man Sardinen?", fragte Zac.

„Hast du das noch nie gespielt?" Jamie machte ein fassungsloses Gesicht. „Es ist super. Wie Verstecken, nur anders herum – eine einzige Person versteckt sich, und alle anderen suchen. Wenn du die Person gefunden hast, dann versteckst du dich zusammen mit ihr. Am Ende hocken alle zusammengequetscht wie die Sardinen im Versteck."

„Und es wird im Dunkeln gespielt. Alle Lichter werden ausgeschaltet", ergänzte Natalie.

„Das kann ja heiter werden. Ich finde mich immer noch kaum im Haus zurecht, wenn alle Lichter an sind", sagte Raj. „Und Zac schon gar nicht."

Rose winkte ab, als wäre das überhaupt nicht von Bedeutung. „Ihr schafft das schon."

Jamie ging los, um alles Lampen auszumachen, abgesehen von denen im Wohnzimmer. Wenige Minuten später kehrte er zurück, ganz außer Atem und grinsend. „Okay, es kann losgehen. Ich verstecke mich als Erster. Gebt mir eine Minute, dann kommt mich suchen."

Als die Minute vorüber war, verließen alle das Licht und die Wärme des Wohnzimmers. Sobald die Tür sich hinter ihnen schloss, umfing Dunkelheit sie wie kühler, schwarzer Samt. Zac blinzelte und wartete darauf, dass seine Augen sich daran gewöhnten. Gleichzeitig lauschte er auf die Geräusche der anderen, die sich von ihm wegbewegten.

„Oh, mein Gott. Ich kann überhaupt nichts sehen. Nicht das Geringste!", sagte er.

Verschwommen tauchte die Andeutung von Kanten und Umrissen auf, aber die Dunkelheit war immer noch beinahe vollkommen. Hier draußen auf dem Land gab es keine Straßenlaternen, und dieser Flur hatte ohnehin nur ein einziges, winziges Fenster, das ein wenig Mondlicht hereinließ.

„Hier", kam Rudys Stimme ganz in der Nähe. Warme Finger legten sich um Zacs Hand. „Bleib einfach bei mir."

Rudy führte ihn zur Treppe und flüsterte: „Lass es uns oben versuchen. Die meisten guten Verstecke sind in den Schlafzimmern."

„Warum flüsterst du?" Zac drückte Rudys Hand fester. Es war seltsam gespenstisch, als die Stufen unter ihren Füßen knirschten.

„Weiß ich auch nicht. Scheint mir einfach angemessen."

Zac versuchte, sich zu orientieren, während sie oben den Treppenabsatz entlang schlichen. Er hörte gedämpftes Poltern und Kichern aus einem der Zimmer, und dann Roses laute Entschuldigung.

„Oh Gott, tut mir leid. Bin ich auf deinen Fuß getreten?"

„Ja", antwortete Raj gepresst, der offenbar die Zähne zusammenbiss. „Ist schon gut."

Rudy führte Zac in eines der Zimmer, wo er auf alle

viere ging und unters Bett schaute. „Nö.“ Als Nächstes versuchte er es mit dem Kleiderschrank.

Zacs Augen hatten sich gerade so an die Dunkelheit angepasst, dass er genug sah, um nicht gegen die Möbel zu laufen.

„Das ist das Schlafzimmer meiner Eltern. Versuchen wir's im Bad“, flüsterte Rudy.

Zac folgte ihm und wartete, während Rudy die Ecke hinter der Dusche überprüfte. Immer noch kein Glück.

Das nächste Zimmer, das sie checkten, war ebenfalls leer. Aber im Dritten war Rascheln und leises Kichern zu hören, und dann ein „Schhh!“

„Ha!“ Rudy zog Zac in Richtung der Geräusche.

Die zugezogenen Vorhänge vor dem Erkerfenster beulten sich verdächtig. Rudy stach mit dem Finger hinein, und jemand quiekte. „Lasst uns rein“, sagte Rudy.

Sie schlüpften hinter die Vorhänge und versuchten, die Ellenbogen anzulegen, um nicht einer der Leute zu treffen, die bereits dort waren.

„Wer ist noch übrig?“, fragte Jamie im Flüsterton.

„Nur noch Papa und Sid, glaube ich“, kam es von Natalie.

„Schhh! Ich höre jemanden kommen“, zischte Rudy.

Zac hielt den Atem an, als eine Bodendiele knirschte. Rudy drückte sich enger an ihn, und Zac spürte die Wärme seines Atems an der Wange, ganz süß vom Wein. Rudys schlanker Körper fühlte sich gut an. Zac legte einen Arm um ihn, und Rudys Atem geriet aus dem Rhythmus. Dann quiekte er. „Das ist mein Hintern!“

Zac brauchte einen Moment, bevor ihm klar wurde,

dass Rudy mit der Person auf der anderen Seite des Vorhangs redete, und nicht mit ihm.

„Tschuldigung."

Jacks Stimme.

„Ihr seid so laut, ich konnte euch von unten hören."

Das war Sid.

„Tja, aber ihr seid trotzdem die Letzten", feixte Jamie. „Okay. Natalie hat mich als Erste gefunden, also ist sie nun dran mit Verstecken."

Sie lösten sich alle voneinander und kamen hinter dem Vorhang hervor, während Natalie losging, um ein Versteck zu finden.

Dieses Mal machte Zac sich allein auf die Suche. Er konnte inzwischen genug sehen, sodass er sich nicht selbst umbringen würde, indem er die Treppe hinunterfiel oder so etwas. Schnell wurde ihm klar, dass der Reiz des Spiels zum großen Teil darin lag, allein im Dunkeln herumzuschleichen. Es war seltsam gespenstisch, sich durch ein fremdes Haus zu tasten.

Zac hatte schließlich Glück mit einem großen Kleiderschrank in einem der Zimmer, aber er sprang trotzdem vor Schreck hoch, als seine Hand anstelle von Kleidung einen festen Körper ertastete. „Natalie?"

„Ja. Du bist der Erste. Quetsch dich rein und mach die Tür zu."

Zac schob sich neben sie und zog die Schranktür zu, so gut es ging. Die Kleiderbügel klapperten, als er die Sachen zur Seite schob, um mehr Platz zu schaffen.

Jamie fand sie als Nächster und ging vor Natalie in die Hocke. Dann kam Sid. Als Jack sie schließlich entdeckte, ging ihnen der Platz aus. Zac war froh, dass er nicht unter Platzangst litt, während sich ein Körper nach dem anderen in den engen Raum quetschte. Inzwischen wurde reichlich gekichert, und die letzten Sucher trafen alle zusammen ein, weil sie den Geräuschen gefolgt waren. Zac atmete erleichtert auf, als ineinander verschlungen aus dem Schrank stolperten.

„Zac ist dran", sagte Natalie. Sie stellte die Stoppuhr auf ihrem Telefon auf eine Minute, und Zac eilte davon.

Leise schlich er die Treppe hinunter. Er wollte etwas Abstand zwischen sich und die Sucher bringen. Noch hatte er keinen Plan, aber dann berührte seine Hand im Flur eine Türklinke. Also öffnete er die Tür. Es war stockfinster dahinter. Als er ein wenig umhertastete, stellte er fest, dass es ein Abstellraum, wo Stiefel und Mäntel aufbewahrt wurden. Er tastete sich bis in die hintere Ecke vor und zog einen Mantel über sich. Dann machte er sich bereit zu warten.

Es schien eine Ewigkeit zu dauern. Es herrschte vollkommene Dunkelheit, und in der Stille konnte er nichts anderes hören als das Wummern seines eigenen Pulsschlags in seinen Ohren.

Dann rappelte es an der Türklinke, und sein Herz schlug schneller. In dem Wissen, jeden Moment entdeckt zu werden, verspannten sich sämtliche seiner Muskeln.

Jemand stach mit dem Finger in den Mantel, der ihn bedeckte, dann stach er noch einmal fester. „Zac?"

Zac atmete aus, nachdem er die Luft angehalten hatte, als er Rudys Stimme erkannte. „Ja." Er packte Rudys am Arm und zog ihn zu sich in die Ecke.

„Die anderen sind alle noch oben, glaube ich."

Rudys Flüstern war direkt an Zacs Ohr, warm und

kitzelnd. Es jagte Zac einen wohligen Schauer über den Rücken, der schließlich glühend in seinem Unterleib zum Stillstand kam.

Unwillkürlich schlang er seine Arme um Rudy und hielt ihn fest. Zunächst war Rudy wie erstarrt und unsicher, aber dann entspannte er sich. Zac neigte ein wenig den Kopf zurück. Er wünschte, er könnte Rudys Gesichtsausdruck sehen. Ihre Nasen stießen aneinander, und Rudy sog scharf den Atem ein.

„Kann ich dich küssen?", flüsterte Zac. Sein Puls raste vor Verlangen nach etwas … irgendwas.

Anstelle einer Antwort drückte Rudy sanft seine Lippen auf Zacs. Zac öffnete den Mund, und Rudy tat es ihm gleich. Ihre Zungen berührten sich, und in Zacs Unterleib erwachte glühendes Verlangen. Er hielt Rudy fester und presste ihre Körper aneinander, während Rudys Oberschenkel zwischen Zacs Beine glitt und entschlossen gegen Zacs schnell steif werdenden Schwanz drückte.

Ein Rütteln an der Tür ließ sie beide erstarren. Zac hielt den Atem an, während sie dastanden wie eine Statue – eine moderne Version von Rodins *Der Kuss*. Er wusste, er sollte Rudy loslassen, aber wenn sie ganz still waren, würde man sie vielleicht gar nicht entdecken. Er wollte die Stimmung nicht verderben.

Jemand kam leise in den Abstellraum und tastete einige Mäntel ab, aber dann stolperte er über einen Schuh und fluchte. Es klang wie Raj.

„Kein Glück?", flüsterte Natalie vom Flur aus.

„Kann keinen fühlen."

Rudys Lippen verzogen sich an Zacs Mund zu einem Grinsen, und sein Körper bebte, als er lautlos lachte.

Die Tür schloss sich, und Raj war weg.

Sobald sie wieder allein waren, küsste Zac Rudy erneut, dieses Mal fest und fordernd. Rudy erwiderte den Kuss begeistert; seine Finger gruben sich in den Stoff von Zacs Hemd, packte ihn und hielten ihn fest. Rudy gab leises Wimmern von sich und rieb sich an Zacs Hüfte. Auch Rudy hatte einen Harten, und dieses Wissen steigerte Zacs Erregung. Er wäre am liebsten zwischen den Stiefeln und Schuhen auf die Knie gegangen und hätte Rudys Ständer geschluckt, bis er fast daran erstickte. Er wollte Rudy dazu bringen, in seinen Mund zu kommen, gleich jetzt, gleich hier in der Dunkelheit, wo sie jeden Augenblick entdeckt werden konnten. Er rieb sich an Rudys Schenkel und küsste ihn leidenschaftlicher, stieß seine Zunge in Rudys Mund und grub seine Finger in Rudys Haar.

Sie küssten sich, bis Zeit jede Bedeutung verlor.

Zac verlor sich darin. Die völlige Dunkelheit machte all seine anderen Sinne empfindsamer, schärfer. Rudys Duft und Rudys Berührungen hüllten ihn ein. Er konnte nur noch an Rudy denken, und der Rest der Welt löste sich auf. Sie waren beinahe lautlos, nur gelegentlich entkam ihnen ein scharfes Einatmen oder die feuchten Geräusche von Lippen und Zungen.

Und dann, ohne jede Warnung, erstarrte Rudy, gab einen leisen, schluchzenden Laut von sich, verspannte sich und erbebte am ganzen Körper. „Scheiße", keuchte er und versuchte, sich aus Zacs Armen zu befreien. „Oh, Scheiße."

Zac nahm Rudys Gesicht in beide Hände und ließ nicht los. „Bist du gerade gekommen?", flüsterte er.

Er fühlte Rudys Nicken, als der murmelte: „Es tut mir

leid. Scheiße. Ich bin so schlecht darin", flüsterte er.

„Schh." Zac küsste ihn erneut. „Bist du nicht. Du bist toll, und das ist unheimlich geil."

„Ja, klar!"

„Nein. Ist es wirklich." Und Zac log nicht. Sein eigener Schwanz pochte heftig bei dem Gedanken, dass Rudy soeben in seiner Hose gekommen war. Wenn er ehrlich war, fehlte nicht viel, und ihm würde es genauso ergehen. „Es ist wirklich verdammt scharf. Und du bist es auch. Gott, Rudy, fühl doch nur, wie hart mein Schwanz ist." Rudy griff hinab und legte seine Hand auf Zacs Ständer unter der Jeans. „Und ich bin auch feucht. Ich mag zwar noch nicht gekommen sein, aber in meiner Hose klebt alles. Und das liegt nur an dir."

Genau in diesem Moment öffnete sich die Tür. Rudy riss seine Hand von Zacs Schwanz, als hätte er sich verbrannt. Beide hielten sie die Luft an.

„Sie müssen hier sein", sagte Sid. „Wir haben überall sonst nachgesehen."

„Raj hat hier drin nachgeschaut."

„Tja, dann gucken wir eben nochmal. Vielleicht hat er sich zusammengekauert oder so. Bei dem ganzen Kram hier drin kann man leicht jemanden übersehen."

Sie standen stockstill wie Statuen, als Sid den Abstellraum betrat und alles systematisch abtastete, bis seine Hand Zacs Schulter fand.

„Ha! Ich wusste es! Sie *sind* hier."

„Nicht so laut, sonst finden die anderen uns", flüsterte Rudy.

„Alle anderen sind schon im Flur. Die Sucherei dauerte so lange, dass wir alle kurz vorm Aufgeben waren und schließlich hier gelandet sind. Wir dachten schon, ihr hättet euch heimlich auf und davon gemacht."

Zac bekam ganz heiße Wangen, und auch von Rudy strahlte Hitze praktisch in Wellen ab. Er war froh, dass es in der Kammer so muffig roch – das würde hoffentlich jeglichen Sexgeruch überdecken.

Im Flur ging das Licht an. „Mir reicht's erstmal", sagte Jack. „Ich brauche jetzt eine Tasse Koffeinfreien, um etwas nüchtern zu werden, sonst habe ich morgen zu viel Restalkohol, um den Truthahn zu machen."

Zac blinzelte in das helle Licht und sah zu Rudy, dessen Lippen ganz rot waren und dessen Haar in alle Richtungen vom Kopf stand. Während Zac sich aus dem Versteck duckte, warf er einen Blick auf die Vorderseite von Rudys Hose. Zum Glück war dort nichts zu sehen, Gott sei Dank, aber Rudy zog trotzdem hastig sein Hemd herunter. Glücklicherweise war es lang genug, um jegliche Beweise zu verdecken.

Zac rückte die Dinge in seiner Hose zurecht, bevor er sich zu den anderen umdrehte. Sein Schwanz war immer noch steinhart, trotz der Unterbrechung. Er war nicht sicher, ob das besser oder schlimmer war, als die Unterhose voller Sperma zu haben. Beides war nicht gerade ideal, um wieder mit Rudys Familie ins Wohnzimmer zurückzukehren und unschuldig aussehen zu müssen.

Plötzlich verspürte er den unpassenden Drang, laut loszulachen, aber er biss sich hart auf die Lippe und unterdrückte den Impuls.

Verdammt. Bis jetzt hatte sich Weihnachten als recht ereignisreich erwiesen. Jedenfalls hatte er deutlich mehr Spaß als allein zuhause.

ZEHN

Rudy verzog das Gesicht; sein Schwanz klebte praktisch an der Innenseite seiner Unterhose fest. „Ich gehe nur schnell pinkeln", entschuldigte er sich und versuchte, sich auf dem Weg ins Bad beim Gehen nichts anmerken zu lassen.

Er säuberte sich, so gut es ging, mit Toilettenpapier und wusch sich die Hände.

„Scheiße", murmelte er, als er sich im Spiegel betrachtete. Er spritzte sich kaltes Wasser auf die erhitzten Wangen und versucht, ruhig zu atmen, um seinen rasenden Herzschlag zu normalisieren.

Er war aufgeregt, aber auch immer noch ein wenig beschämt. Gott, er war in seine Hose gekommen wie ein übereifriger Teenager ... aber Zac hatte das nichts ausgemacht. Es hatte ihn sogar angetörnt. Rudys Schwanz kribbelte erneut, obwohl er ja gerade erst gekommen war. *Armer Zac. Hat jetzt bestimmt ganz dicke Eier.*

Nachdem er sich wieder beruhigt hatte, ging er zurück ins Wohnzimmer, wo die anderen es sich wieder gemütlich gemacht hatten. Der Platz neben Zac auf dem Sofa war frei, und Rudy setzte sich, ohne Zac in die Augen zu sehen.

Jamie legte noch ein Holzscheit aufs Feuer.

„Das ist der Letzte für heute, denke ich", sagte Rose. „Wir sollten es jetzt ausgehen lassen."

Rudy warf einen Blick auf die antike Uhr auf dem Kaminsims. Falls sie richtig ging, war es fast elf. Nun, da er wieder in der Wärme des Wohnzimmers saß, wurden seine Glieder schwer, und er gähnte.

Zac stupste ihn an. „Müde?"

„Ja." Rudy lächelte entschuldigend. „Du auch?"

Zac nickte.

„Wir werden wohl bald zu Bett gehen", wandte Rudy sich an den Rest des Zimmers. Das Wort „wir" für sich und Zac zu benutzen, war ein schönes Gefühl. Sie mochten keine Beziehung haben, aber nach dem, was in der Abstell-kammer passiert war, waren sie jedenfalls mehr als nur Freunde. Vielleicht Freunde mit Extras? Wie auch immer ... Rudy würde nehmen, was er bekommen konnte. „Entschuldigt, dass wir die Geselligkeit stören."

Er war wirklich müde, aber was noch wichtiger war: Er wollte mit Zac allein sein, damit sie über das, was gerade passiert war, reden konnten.

„Ist schon gut, Liebes. Geht nur schlafen, wenn ihr wollt. Habt ihr auf dem Zimmer alles, was ihr braucht? In der Küchenschublade sind Wärmflaschen."

„Okay, danke." Rudy stand auf und bot Zac seine Hand an.

Zac ergriff sie ohne Zögern, und Rudy zog ihn auf die Füße. Der warme Kontakt ihrer Handflächen und Finger beruhigte Rudys Nerven und erzeugt gleichzeitig ein

Gefühl von Besitzerstolz. Zac so berühren zu können, war toll.

„Willst du zuerst ins Bad?", fragte Rudy, als sie oben waren.

„Ich glaube, du hast es nötiger", antwortete Zac grinsend.

Rudy zog verlegen den Kopf ein. „Ja."

Er nahm eines der Handtücher vom Bett, holte saubere Unterwäsche, ein T-Shirt und eine Pyjamahose aus dem Schrank und verschwand im Badezimmer auf der anderen Seite des Treppenabsatzes. Er nahm eine blitzschnelle Dusche, um das klebrige Problem zu beseitigen, dann putzte er sich die Zähne und ging zurück in ihr Zimmer.

Als er zurückkehrte, saß Zac auf dem Bett und scrollte durch sein Telefon.

„Du kannst jetzt." Rudy legte noch eine zusätzliche Decke aufs Bett und krabbelte hinein, während Zac zusammensuchte, was er brauchte, und dann seinerseits das Bad benutzte.

Er kehrte in einer Jogginghose und einem lockeren, alten T-Shirt zurück. Bevor er neben Rudy ins Bett schlüpfte, schaltete er das Deckenlicht aus.

Rudy verspannte sich, weil er nicht wusste, was er nun tun sollte. Wahrscheinlich sollten sie miteinander reden. Oder würde Zac da weitermachen wollen, wo sie unterbrochen worden waren? Er fühlte sich mies, dass er gekommen war und Zac nicht ... aber vielleicht hatte Zac sich im Bad einen runtergeholt? Vielleicht hatte er sich vorhin nur von der Hitze des Augenblicks mitreißen lassen, wollte jetzt aber nichts mehr.

„Ich kann dich bis hierher grübeln hören. Hör auf."

Zac drehte sich auf die Seite, schlang einen Arm um Rudys Körpermitte und rückte näher. „Ist das okay?"

„Ja." Rudy drehte sich zu ihm und kuschelte sich an ihn.

Zac küsste ihn zärtlich und langsam – ein sanfter Tanz von minzigen Lippen und dem leichten Kratzen von Bartstoppeln. Das Bett erwärmte sich um sie herum, und sie begannen, heftiger zu atmen.

„Was willst du, Rudy?", fragte Zac, als er den Kuss beendete.

Rudy runzelte die Stirn. „Du meinst ... generell? Ode gerade jetzt im Speziellen?"

Zac streichelte Rudys Gesicht mit den Fingerspitzen, als wäre Rudy etwas unheimlich Kostbares. „Für den Anfang, gerade jetzt."

Rudy bekam heiße Wangen, aber er sah Zac fest in die Augen und antwortete mit einem rauen Flüstern: „Ich will dir einen blasen."

Zacs Pupillen weiteten sich, und er leckte sich über die Lippen. „Das hört sich für mich gut an." Seine Stimme klang genauso rau wie Rudys.

Rudy zögerte, dann platzte er heraus: „Ich sollte dich wahrscheinlich warnen, dass ich nicht besonders viel Erfahrung darin habe ... ich meine, ich habe es schon gemacht. Aber nicht sehr oft, und ich weiß nicht ... ich kann es wahrscheinlich nicht besonders gut."

Zacs Miene wurde weich. Er legte eine Hand in Rudys Nacken und hielt ihn beruhigend fest. „Es wird gut sein. Weil du es tun *willst*, und das ist sexy. Und ich kann dir sagen, wie ich es gern habe."

Die Vorstellung, dass Zac ihm sagen würde, wie er gelutscht werden wollte, ließ Rudys Schwanz pochen. „Ja." Es kam atemlos und eifrig heraus. „Tu das."

„Okay, nun, ziehen wir zuerst ein paar Sachen aus. Es ist hier drin zwar nicht warm, aber ich denke, mir wird schon heiß werden, wenn du mir den Schwanz lutschst. Ich möchte dich nackt sehen, okay?"

„Ich bin nicht besonders beeindruckend." Rudy setzte sich auf und zog sein T-Shirt aus. „Ich habe nicht solche Muskeln wie du."

„Mir gefällst du so, wie du bist", versicherte Zac ihm. Und so wie Zacs hungriger Blick über Rudys Brust und Nippel wanderte, sagte er offenbar die Wahrheit.

Als sie beide nackt waren, legte Zac sich auf den Rücken, und Rudy kniete über ihm.

Rudy betrachte Zac, der in all seiner Herrlichkeit da lag und auf Rudys Hände und Mund wartete. „Ich kann nicht glauben, dass ich das tun kann."

„Nun, immerhin ist Weihnachten", neckte Zac.

Rudy lachte leise. „Ja. Scheiße. Es fühlt sich an, als wären Weihnachten und Ostern und mein Geburtstag gleichzeitig gekommen."

„Ich bin sicher, da steckt ein schmutziges Wortspiel drin, aber ich kann mich im Moment nicht genug konzentrieren, um mir eins auszudenken. Komm, Rudy." Zac nahm seinen Ständer in die Hand und wichste ihn langsam, wie um für Rudy eine Show zu machen. „Ich will deinen Mund."

Rudy beugte sich hinab, um Zac erst einmal zu küssen. Er versuchte, den Kuss auszudehnen und so schmutzig wie möglich zu machen, und Zac schien das zu gefallen. Er rieb immer noch seinen Ständer, und seine Faust stieß dabei immer wieder gegen Rudys Harten.

Schließlich beendete Rudy den Kuss und begann, sich einen Weg hinab über Zacs Hals und Brust zu lecken und zu saugen. Bei Zacs Nippeln hielt er an, um ihnen besondere Aufmerksamkeit zu widmen, bis Zac stöhnte und knurrte: „Komm, mach weiter."

Zac legte seine Hand auf Rudys Kopf und drängte ihn weiter nach unten. Verdammt, das war geil.

Rudy ließ sich willig führen. Als seine Lippen nur noch Zentimeter von Zacs Schwanz entfernt waren, hielt er inne, sah zu Zac auf und wartete auf Anweisungen.

„Leck erst daran und mach mich schön nass", sagte Zac.

Rudy tat das, leckte mit der flachen Zunge von der Wurzel bis zur Eichel.

„Verdammt, das ist gut", keuchte Zac. „Und jetzt lutsch daran, aber nur die Eichel."

Rudy ließ seine Zunge um Zacs Eichel kreisen, dann drückte er seine Zungenspitze in den Schlitz und schleckte das Vorsperma auf. Schließlich schloss er seine Lippen um die Eichel und saugte leicht daran.

Zac fuhr mit den Fingern in Rudys Haar. „So gut", murmelte er.

Rudy war froh, dass er daran dachte, leise zu sein. Mit Zacs Schwanz im Mund hatte selbst er etwas Schwierigkeiten, nicht zu vergessen, dass sie in einem Haus voller Leute waren.

Rudy fuhr fort zu lutschen und zu saugen, zuerst nur an Zacs Eichel, bis Zac sich scheinbar daran erinnerte, dass

Rudy Anweisungen wollte. „Fester", sagte er. „Nimm mich tiefer in den Mund."

Rudy folgte willig. Er nahm den ganzen Schaft in den Mund, bis er ein wenig husten musste, als Zac an die hintere Wand seines Rachens stieß.

„Vorsichtig", warnte Zac ihn. „Tu es nicht, wenn es sich für dich nicht ebenfalls gut anfühlt."

Rudy ließ lange genug von Zac ab, um zu antworten. „Nein", versicherte er ihm. „Ich mag das. Fick meinen Mund."

Dann nahm er Zac wieder ganz tief, stützte sich mit einer Hand auf dem Bett ab und umfasste mit der anderen fest Zacs Eier.

Zac stöhnte auf. „Gott, Rudy, du machst mich fertig." Er hob seine Hüften und schob sich noch tiefer in Rudys Mund.

Rudy machte ermutigende Geräusche, als Zac in seinen Hals stieß. Es fühlte sich unheimlich gut an, so benutzt zu werden ... und dass Zac so die Kontrolle verlor.

„Ich komme gleich", keuchte Zac und zog an Rudys Haaren.

Aber Rudy summte nur und schob einen Finger unter Zacs Hoden und massierte ihn dort so, dass Zac sich schließlich nicht mehr zurückhalten konnte.

„Scheiße!" Zac ganzer Körper verspannte sich und zuckte, als er sich in Rudys willigen Mund ergoss.

Rudy versuchte zu schlucken, was ihm jedoch nicht gelang, also riss er den Kopf hoch, bevor er husten musste, und ersetzte seinen Mund durch seine Hand. Er grinste zu Zac hinab. „Besser jetzt?"

„Viel besser." Zac lächelte. „Komm rauf hier."

Rudy krabbelte über ihn, um ihn noch einmal zu küssen, und fragte sich, ob Zac sich wohl selbst auf Rudys Zunge schmecken konnte.

Zac griff nach Rudys Schwanz, der hart und aufrecht gegen Zacs Oberschenkel stieß. „Willst du noch einmal kommen?"

„Äh … ja." Dazu würde Rudy wohl kaum Nein sagen.

Zac lachte leise. „Dumme Frage, oder?" Er drückte Rudy auf den Rücken, dann rutsche er im Bett nach unten, um den Gefallen zu erwidern und Rudy in den Mund zu nehmen.

Rudy ließ Zac nicht aus den Augen. Er versuchte, leise zu sein, konnte aber die lustvollen Laute, die ihm entwichen, nicht zurückhalten. Es war so verdammt geil, Zacs Lippen um seinen Schwanz zu sehen.

Zac hatte einen Arm über Rudys Hüften gelegt, um ihn festzuhalten. Und er nahm sich Zeit, brachte Rudy fast um den Verstand und zog sich zurück, sobald Rudy kurz vorm Orgasmus war.

„Zac, komm schon", jammerte Rudy.

Zac hob den Kopf. „Schhh, jemand wird dich hören."

„Scheiße", flüsterte Rudy. „Sorry."

Zac grinste und fuhr fort, ihm den Schwanz zu lutschen, während Rudy sich so fest auf die Lippe biss, dass es wehtat.

Als er schließlich kam und ekstatisch abspritzte, war der einzige Laut, den er von sich gab, ein scharfes Einatmen, während sein Körper sich verkrampfte und bebte.

Zac schluckte alles, dann rutschte er die Matratze hinauf und zog die Bettdecken mit hoch. Er nahm Rudy in seine Arme und hielt ihn, bis Rudy wieder langsamer atmete und sein Herzschlag sich normalisiert hatte.

Rudy merkte nicht, dass Zac längst schlief, bis er ein Kratzen an der Tür hörte. „Das ist eine der Katzen. Hast du etwas dagegen, wenn ich sie hereinlasse?"

Es kam keine Antwort. Rudy hob den Kopf – Zacs Augen waren geschlossen, seine Wimpern warfen dunkle Schatten auf seine Wangen, und seine Lippen waren leicht geöffnet. Etwas Kompliziertes regte sich in Rudys Brust.

Das Kratzen kam erneut. Rudy wusste, es würde ewig so weitergehen und ihn am Schlafen hindern, falls er es ignorierte. Er löste sich behutsam aus Zacs Armen und schlich zur Tür. Außerhalb der Wärme des Betts erschauerte er. Es war nicht eine Katze, sondern zwei – Hardy und Hemingway. Sie sprangen sofort aufs Bett und rollen sich am Fußende zusammen.

Rudy stand unsicher da und überlegte, ob er sich wieder etwas überziehen sollte. Aber Zac war immer noch nackt, und vielleicht würde es ihm peinlich sein, morgens aufzuwachen und Rudy im Schlafanzug vorzufinden. Rudy traf seine Entscheidung und schlüpfte zurück unter die Decken. Zac war warm, und als Rudy sich an ihn kuschelte, rührte Zac sich. Er drehte sich auf seine andere Seite, brachte aber keinen Abstand zwischen sich und Rudy. Rudy machte das Licht aus und schmiegte sich an Zacs Rücken.

Wir können morgen noch reden.

Wohlig warm, mit zwei schnurrenden Katzen zu seinen Füßen und Zac in seinem Arm, glitt Rudy sanft in den Schlaf.

· · ·

SIE MUSSTEN GESCHLAFEN HABEN wie Steine, denn das Nächste, dessen Rudy sich gewahr wurde, war lautes Klopfen an der Zimmertür.

Rudy blinzelte. Der Wecker auf dem Nachttisch zeigte neun Uhr morgens.

Jamie brüllte durch die geschlossene Tür: „Aufstehen! Mama und Papa machen Frühstück, und du musst deine Geschenke unter den Weihnachtsbaum tun!"

Die Familientradition besagte, dass vor den Geschenken erst gefrühstückt wurde, und Jamie fiel es immer schwer zu warten. Er stürmte ins Zimmer.

„Ja. Hau ab, Jamie. Wir stehen gleich auf. Ein paar Minuten noch, großer Gott." Rudy hielt die Bettdecke fest, als ihm plötzlich einfiel, dass sie beide immer noch nackt waren.

Zac stöhnte, öffnete verschlafen die Augen und verzog das Gesicht, als Jamie das Deckenlicht einschaltete.

„So! Das wird dich wecken."

„Du kleiner Scheißer, mach es wieder aus!", schrie Rudy.

Aber Jamie war schon wieder weg und hatte die Tür hinter sich zugeknallt.

Rudy setzte sich auf, die Bettdecke um die Hüften geschlungen. Die beiden Katzen starrten ihn so missbilligend an, als wäre er für all den Lärm und das helle Licht verantwortlich. Er seufzte. „Wir sollen lieber aufstehen, sonst kommt er gleich noch einmal." Wie es aussah, würden sie erst einmal keine Zeit bekommen, um über alles zu reden.

„Ja, okay." Zac setzte sich ebenfalls auf. Er gähnte und streckte sich.

Dann standen sie auf und zogen sich an.

„Rudy?" Zac kam und stellte sich direkt vor ihn. „Fröhliche Weihnachten übrigens." Er beugte sich vor und gab Rudy einen sanften Kuss auf den Mund.

„Dir auch." Rudy lächelte. Aber er war verunsichert und wünschte, er wüsste, was in Zacs Kopf vor sich ging. Er wollte nicht zu viel in den Kuss hineindeuten. „Ich muss meine Geschenke holen."

Er drehte sich um und beschäftigte sich mit der Tüte mit den eingepackten Geschenken, die er mit nach unten nehmen musste.

„Ich auch." Es raschelte, als Zac in seinem Rucksack wühlte.

Sie gingen hinunter und durch den Flur – wo es bereits verlockend nach gebratenem Speck duftete – dann ins Wohnzimmer. Im Kamin flackerte schon ein Feuer, und alle Lichter am Christbaum waren an.

Jamie war dort und sortierte die Geschenke in verschiedene Stapel. Seine Augen leuchteten aufgeregt.

„Hier, bitte sehr", sagte Rudy und gab Jamie seine Tüte.

„Meine sind für die ganze Familie, zum Teilen", sagte Zac und stellte seine Geschenketüte auf den Boden. „Außer diesem hier. Das ist für Rudy."

Rudy fing seinen Blick auf und lächelte. Er war froh, auch etwas für Zac besorgt zu haben. Zwei Sachen sogar, um genau zu sein. Aber eins davon steckte noch in seinem Koffer, denn er wollte nicht, dass Zac es vor den Augen der ganzen Familie aufmachte.

„Frühstück ist fertig!", tönte Jacks Stimme im Flur. „Kommt und esst."

Rudy und Zac setzten sich auf ihre Plätze am Küchentisch, während der Rest der Familie sich nach und nach einfand. Es gab Speck, Rührei, Bohnen, Würstchen und Champignons, plus einen großen Teller mit gebuttertem Toast und Brot.

„Das sieht toll aus", sagte Zac.

„In dieser Familie machen wir keine halben Sachen", sagte Jack grinsend. „Greif zu."

„Danke."

Zac griff begeistert zu, und Rudy häufte seinen Teller ebenfalls voll. Seine Eltern machten super Frühstück, und aus Erfahrung wusste Rudy, dass das weihnachtliche Mittagessen wahrscheinlich nicht vor zwei Uhr auf den Tisch kommen würde. Es lohnte sich also, ordentlich zu frühstücken.

Sid erschien als Letzter, gähnend und noch immer ganz verschlafen und zerzaust. Er setzte sich auf den Stuhl gegenüber von Zac, verschränkte die Arme auf dem Tisch und ließ prompt seine Stirn darauf fallen.

„Guten Morgen, Schätzchen", sagte Rose fröhlich, dann erklärte sie Zac mit einem übertriebenen Flüstern: „Er ist ein kleiner Morgenmuffel."

Sid grunzte.

Während sie aßen, war Rudy sich unentwegt Zacs Gegenwart an seiner Seite bewusst. Ihre Knie berührten sich, und einmal legte Zac ihm sanft eine Hand auf den Oberschenkel, um seine Aufmerksamkeit zu gewinnen, als er ihn bat, die Milch herüberzureichen. Diese schlichte Berührung verursachte ein Kribbeln auf Rudys Haut. Aber er hinterfragte alles. Versuchte Zac lediglich, den Anschein zu wahren, sie wären ein Paar, so wie sie es besprochen hatten? Oder war das nach letzter Nacht echt und nicht länger vorgetäuscht?

Rudy ertrug es nicht, das nicht zu wissen. Er musste unbedingt mit Zac allein sein, damit er ihn fragen konnte.

ELF

Zac hätte gern etwas Zeit mit Rudy allein gehabt, um über vergangene Nacht zu reden, aber wie es aussah, würden sie dazu vorerst keine Gelegenheit bekommen. Nach dem Frühstück ging es direkt ins Wohnzimmer zum Geschenke-öffnen. Alle nahmen ihre Tees und Kaffees mit und setzten sich – bis auf Jamie, der sich zum offiziellen Geschenkeverteiler erklärte.

Zac erwartete nicht, von irgendjemandem außer Rudy etwas zu bekommen, weshalb er total überrascht war, als Jamie ihm mehrere Sachen zum Aufmachen reichte, darunter auch eins, auf dem stand: „Für Zac von Rudy." Aber da waren auch kleine Pakete von Jack und Rose, sowie von Ro.

Alle anderen waren bereits dabei, ihre Geschenke zu öffnen, sich gegenseitig anzulächeln und sich zu bedanken. Zac machte zuerst das Paket von Jack und Rose auf und fand eine Tafel Schokolade, ein Paar Thermosocken und einen Kriminalroman, der zurzeit die Bestsellerliste anführte. „Danke. Das ist wirklich lieb von euch", sagte er.

„Tut mir leid, dass es nicht besonders originell ist, aber Rudy hat uns nicht viel Zeit gelassen, insofern ist es ein Last-Minute-Geschenk."

„Nein, es ist toll. Schokolade und Socken braucht man immer. Ich lese gern Krimis, und diesen kenne ich noch nicht. Also ist es perfekt."

Rose strahlte. „Gut."

Das Paket von Ro enthielt einen gestrickten Beanie aus weicher, dunkelgrauer Wolle. Es war kein Etikett daran, woraus Zac schloss, dass die Mütze selbstgemacht sein musste. „Oh, die ist toll. Danke, Ro."

„Gern geschehen. Ich hatte gerade genug Zeit dafür und bin gestern fertig geworden. Ich kenne deinen Geschmack nicht, da dachte ich, mit Grau kann man nichts falsch machen."

„Ernsthaft?" Zac betrachtete die gleichmäßigen Reihen der Strickmaschen. „Das hast du gestern gemacht? Das ist fantastisch."

„Ich bin recht schnell", grinste sie.

„Zac, danke schön!", rief Rose von der anderen Seite des Zimmers. Sie hatte soeben den kleinen Geschenkkorb ausgewickelt, den Zac für die Familie zusammengestellt hatte. „Sieh mal, Jack. Wir haben hier einen guten Wein, Schokolade und Gebäck. Und oh ... das ist ja süß!" Sie hielt einen Kauknochen für Churchill und eine Tüte mit Katzenleckerli in die Höhe.

„Rudy erzählte mir von euren Haustieren, also ..." Zac zucke die Achseln.

„Das ist so lieb von dir." Rose stand auf und kam zu ihm, um ihn zu umarmen.

Er tätschelte verlegen ihren Rücken, roch ihr Parfüm

und dachte, wie glücklich sich Rudy doch schätzen konnte, eine Mutter wie sie zu haben – eine Familie wie diese zu haben. Wie aus dem Nichts überwältigten ihn plötzlich die Gefühle, machten ihm die Kehle eng und trieben ihm Tränen in die Augen.

Verdammt.

Zac hatte schon vor Jahren gelernt, sich keine Dinge zu wünschen, die er nicht haben konnte. Wieso fühlte er plötzlich Sehnsucht und Einsamkeit wie ein Messer, das in seiner Brust herumgedreht wurde? Er blinzelte die Tränen weg, als Rose ihn losließ, und senkte den Kopf, damit niemand etwas bemerkte.

Aber Rudy bemerkte es. „Ist alles in Ordnung?", fragte er leise und runzelte besorgt die Stirn.

„Ja, alles gut." Zac versuchte, fröhlich zu klingen. „Ich hab nur was im Auge." Dann nahm er das letzte Geschenk in die Hand – das von Rudy.

„Es ist nichts Besonderes, freu dich nicht zu sehr", warnte Rudy ihn.

„Oh, die sind ja cool." Zacs Lächeln war nun aufrichtig, und sein Anflug von Panik und Traurigkeit löste sich auf wie eine Wolke unter der warmen Sonne, als er die zwei Paare Superheldensocken sah. Superman und Batman.

„So weit ich mich erinnere, hast du etwas für Superman übrig." Rudy zwinkerte Zac verschmitzt zu. Und Zac fiel wieder die Unterhose ein, die er an dem Abend anhatte, als er Rudy von der Kneipe nach Hause begleitet hatte.

Rudy nahm das Geschenk, das Zac für ihn gekauft hatte, und Zac musste grinsen, als Rudy es öffnete.

„Ich weiß nicht, ob wir beide unoriginell sind oder beide einen ausgezeichneten Geschmack haben", sagte er, als Rudy das Captain America-Shirt hochhielt.

Rudy lachte. „Lass uns Letzteres annehmen. Superhelden sind klasse."

Natalie schaute hinüber, um zu sehen, worüber sie lachten. „Oh, ihr zwei seid so süß zusammen", sagte sie, als Rudy und Zac ihr die Geschenke zeigten.

Freude wallte in Zac auf, wurde aber sogleich wieder gedämpft, als er sich daran erinnerte, dass er und Rudy kein wirkliches Paar waren. Er warf einen Seitenblick zu Rudy, der schon wieder rot wurde und enorm zufrieden mit sich selbst wirkte.

Es wäre so verdammt leicht, sich in Rudy zu verlieben.

Zac verschloss sein Herz dagegen. Er konnte nicht. Er war nicht wie Rudy; er würde alles vermasseln und ihn verletzen. Rudy brauchte jemanden, der weicher war, jemanden, der wusste, wie man liebt.

Nachdem alle ihre Geschenke ausgepackt hatten, räumten sie das Geschenkpapier weg und begannen eine Debatte darüber, wer zuerst ins Bad durfte.

„Geh du zuerst, Nat. Du brauchst immer Ewigkeiten." Sid verdrehte die Augen.

„Es sind meine Haare", protestierte sie und fuhr sich mit der Hand durch ihre lange Lockenpracht. „Es dauert ewig, den Conditioner rauszuspülen. Und du musst auch nicht deine Beine und Achseln rasieren."

„Du auch nicht."

„Na ja, ich *muss* nicht, aber ... wie auch immer."

„In der Zeit, in der ihr darüber streitet, hätte ich schon längst duschen können", stellte Jamie fest.

„Okay, ich gehe ja schon, ich gehe ja schon." Natalie stand auf.

„Kann jemand bitte mit Churchill rausgehen?", fragte Rose. „Er muss Gassi."

„Ich mach das", bot Rudy sich an. „Willst du mitkommen, Zac?"

Da war eine Anspannung in seiner Stimme, die den lässigen Tonfall Lügen strafte.

Zac wusste, dass sie miteinander reden mussten, und der Spaziergang würde ihnen Gelegenheit dazu geben. Sein Herz zog sich bei dem Gedanken zusammen. Er hatte keine Ahnung, was er Rudy sagen sollte, aber er konnte sich auch nicht drücken. „Ja, okay."

Sie gingen nach oben und putzten sich die Zähne, bevor sie sich warm einpackten. Es hatte draußen stark gefroren und würde trotz der Sonne bitterkalt sein.

„Oh, bevor ich es vergesse." Rudy gab Zac ein weiteres, kleines, in Geschenkpapier gewickeltes Päckchen. „Ich nahm an, du würdest das hier lieber nicht unten auspacken wollen."

Neugierig riss Zac das Papier auf, dann lachte er, als er die schwarz-gelbe Batman-Boxershorts sah. „Oh, die ist super. Danke."

„Jetzt hast du zwei zusammenpassende Sets."

„Die zieh ich nachher an, zusammen mit den Socken."

Rudy lächelte, und Zac verspürte den plötzlichen Drang, ihn zu küssen. Aber stattdessen wandte er sich ab und zog einen Pullover über sein langärmeliges Shirt. Er hatte nicht das Recht, Rudy einfach zu berühren, nur weil ihm danach war.

Warm eingemummelt gingen sie nach unten, um ihre

Mäntel und Stiefel anzuziehen. Churchill wartete am Fuß der Treppe auf sie und wedelte aufgeregt mit dem Schwanz, das typische Labrador-Grinsen in seinem lustigen, schwarzen Gesicht.

„Bereit zum Gassi gehen, Junge?", fragte Rudy.

Churchill lief um Rudys Beine und wedelte noch schneller mit dem Schwanz. Seine Krallen klickten auf den Bodenfliesen.

Draußen war es eisig, aber windstill. Dicker Frost lag in gedämpften Grau- und Blautönen über der Landschaft und verdeckte alles Grün. In den Tälern hing noch Morgennebel, und am Horizont war der Himmel leicht rosa.

„Fast weiße Weihnachten", sagte Zac, als er über die Felder blickte. „Das ist wunderschön. Du hast echt Glück, hier zu leben."

„Na ja ... ich lebe nicht mehr hier." Rudy klang ein wenig wehmütig. „Aber ja, es ist toll, hierher nach Hause zu kommen. Und so weit ist es ja zum Glück nicht."

Sie gingen denselben Weg, den sie am Abend zuvor genommen hatten. Churchill war bereits im Obsthain verschwunden. Ihre Stiefel knirschten im gefrorenen Gras, als sie ihm folgten.

„Wo bist du aufgewachsen?", fragte Rudy zögerlich.

Zacs Herz machte einen Satz. Er antwortete hastig und versuchte, es nüchtern klingen zu lassen. „Manchester. Danach habe ich eine Zeitlang in London gewohnt. Ich habe immer in der Großstadt gelebt."

„Dann ist das hier wohl ein bisschen was Anderes für dich."

„Das kann man wohl sagen."

Das hier war anders als alles, was Zac je gekannt hatte. Und nicht nur die Landschaft. Zusammen mit Rudy hier zu sein, verschaffte ihm erstmals ein Bild von dem, was Familie wirklich bedeutete. Er kämpfte gegen das sehnsüchtige Ziehen in seine Brust an. Rudy fragte sich bestimmt, warum Zac keine eigene Familie hatte. *Bitte frag mich nicht.*

Zac glaubte nicht, dass er in der Lage war, mit Rudy darüber zu reden. Er schämte sich. Er kam sich arm vor angesichts des Reichtums in Rudys Leben, der nichts mit Geld oder materiellen Dingen zu tun hatte. Es hatte etwas damit zu tun, gewollt und bedingungslos geliebt zu werden. Und das Leben hatte Zac gelehrt, dass er so etwas nicht verdiente.

Um das Gespräch in eine andere Richtung zu lenken, stürzte Zac sich mutig auf das andere Thema, die ihm im Kopf herumging. „Wegen letzter Nacht ...“

Rudy riss den Kopf hoch, und seine Wangen, die ohnehin schon rosig von der Kälte waren, röteten sich noch mehr.

Sie blieben stehen und starrten einander an. Das Schweigen hing schwer zwischen ihnen, so wie die Dampfwolken ihres Atems in der Luft. Rudys Gesicht war voller Hoffnung, seine Gefühle so klar wie der Winterhimmel über ihnen. Zac wünschte, er könnte Rudy geben, was er wollte. Aber seine eigenen Hoffnungen und Wünsche waren zu einem einzigen Knäuel aus Gummibändern verworren, verstörend und beengend.

Ja, er mochte Rudy, und er fand ihn anziehend, sehr sogar – das hatte vergangene Nacht bestätigt. Aber wollte er eine Beziehung mit ihm? Und falls ja, wollte er es aus den richtigen Gründen? Die Verlockung, Teil von Rudys Familie zu sein, war schwer von den Gefühlen zu trennen, die er für Rudy selbst empfand.

Zac kam sich erbärmlich vor, wie ein viktorianisches Waisenkind, das seine Nase an das Fenster eines perfekten Zuhauses presste. Alles, was er wollte, befand sich auf der anderen Seite: Liebe, Familie, Akzeptanz, Wertschätzung. Aber es war gegenüber Rudy nicht fair, ihn wegen dieser Dinge zu wollen. Zac wusste nicht einmal, ob er zu einer echten Beziehung überhaupt fähig war. Er wusste nicht, wie Liebe sich anfühlte, wie es war, Liebe zu empfangen und zu geben. Wie also konnte er etwas mit Rudy anfangen, das sehr gut für beide in Enttäuschung und Kummer enden konnte?

Vielleicht sah Rudy die Zerrissenheit in Zacs Gesicht, denn er war schließlich derjenige, der das Schweigen brach. „Wir müssen keine große Sache daraus machen." Er zuckte die Achseln, aber seine angespannte Miene verriet ihn. „Wir können es einfach wie eine kurze Ferienaffäre behandeln, oder? Es muss nichts bedeuten."

Zac wollte ihm sagen, dass es ihm längst etwas bedeutete, aber er wusste nicht genau, was. Er hielt die Worte zurück. „Ja, okay." Er zwang ein Grinsen auf sein Gesicht. „Eine Ferienaffäre ist schon ein Schritt weiter als eine vorgetäuschte Beziehung. Wer weiß, wo wir noch landen?"

Rudy lachte nervös. „Ja." Er leckte sich die Lippen.

Scheiße drauf. Wenn das hier eine Affäre war, dann konnte Zac auch genauso gut das Beste daraus machen. Er machte einen Schritt auf Rudy zu, der sofort verstand, was Zac wollte, und die Augen aufriss. Zac nahm Rudys Gesicht in seine behandschuhten Hände und drückte seinen Mund auf Rudys. Es war ein zärtlicher Kuss, behutsam ... wie eine Frage. Kalte Lippen und warme Zungen und das Kratzen von leichten Bartstoppeln.

Als Zac den Kuss beendete, lächelte Rudy, und Zac wurde das Herz weit. Er wusste nicht, ob es Aufregung oder Angst war. Vielleicht ein wenig von beidem.

Er lächelte ebenfalls. „Komm." Er nahm Rudys Hand. „Churchill ist schon weit voraus. Wir sollten besser aufholen."

Mit schnellen Schritten liefen sie durch das unebene Gras bis zum Ende des Obsthains. Immer noch kein Zeichen von Churchill, aber seine Spuren verliefen bis zum Zaun und dann in das gepflügte Feld dahinter.

Rudy stieg auf den Zauntritt, und Zac tat es ihm gleich.

„Churchill!", rief Rudy, dann pfiff er schrill. Ein gedämpftes Bellen kam von hinter einem Brombeerstrauch am Rand des Feldes. „Churchill, hierhin! Dummer Hund", grummelte Rudy.

Churchill bellte erneut, dann war lautes Rascheln zu hören. Rudy und Zac umrundeten den Strauch und fanden Churchill, der aufgeregt in der Hecke wühlte.

„Vielleicht ist da ein Kaninchen drin", schlug Zac vor.

„Wahrscheinlich. Lass das, Churchill. Komm her."

Rudys Nähe und sein strenger Ton zeigten schließlich Wirkung. Mit schuldbewusstem Gesicht trottete Churchill zu ihnen, setzte sich vor Rudys Füße und wedelte entschuldigend. Aber er blickte sich immer wieder zur Hecke um und winselte leise.

Und dann hörte Zac es: ein klagendes Quieken aus der Hecke. „Was war das?"

Rudy runzelte die Stirn. „Was?"

„Ich weiß nicht." Zac näherte sich der Hecke.

Churchill gab ein kurzes Bellen von sich, wie um seine Zustimmung zu signalisieren.

Das Geräusch ertönte erneut, lauter und klarer dieses Mal. Es war mehr ein Miauen als ein Quieken.

„Hört sich an wie eine Katze", sagte Rudy.

„Ja." Zac kniete sich hin. Sofort drang die Kälte durch seine Jeans. Mit einer behandschuhten Hand teilte er die Zweige und zuckte zusammen. „Autsch, das sticht ganz schön." Er sah ein Augenpaar aus der Dunkelheit starren. Blassgrüne Augen, umrahmt von schwarzem Fell. Ein kleines, rosafarbenes Mäulchen öffnete sich und miaute erneut. „Es ist eine Katze", sagte Zac. „Vielleicht ein kleines Kätzchen. Ich kann es nicht richtig sehen."

„Ist es verletzt?"

„Ich bin nicht sicher." Zac griff vorsichtig in das Gestrüpp und hob den kleinen Körper hoch. Zuerst wehrte sich die Katze ein wenig, aber sobald er sie an seinen Körper hielt und streichelte, wurde sich ganz ruhig. „Sie ist dünn und ziemlich zerzaust, aber ich glaube nicht, dass sie verletzt ist."

Churchill drückte sich an Rudy vorbei und beschnupperte die kleine Kreatur gründlich. Obwohl sie im Vergleich zu dem Hund winzig war, öffnete die Katze unerschrocken den Mund und fauchte, sämtliche Haare auf ihren Rücken steil aufgerichtet.

„Zurück, Churchill. Braver Junge." Rudy zog Churchill weg. „Sitz. Hat sie ein Halsband?"

„Nein." Zac schmiegte die kleine Katze an seinen Körper. Es war kein Katzenbaby, aber sie sah jung aus und war vielleicht noch nicht ganz ausgewachsen. „Was machen wir mit ihr?“

„Wir nehmen sie mit nach Hause“, antwortete Rudy, ohne zu zögern. „Mama ist Tierärztin. Sie kann sie untersuchen, und wir kümmern uns um sie, bis wir herausgefunden haben, ob sie eine Streunerin ist oder irgendwo vermisst wird.“

„Okay. Cool.“ Zac passte sein inneres Bild von Rose rasch an die neue Information an. Er hatte Rudy nicht gefragt, was seine Eltern beruflich machten, aber er hätte Rose nicht in die wissenschaftliche Ecke gesteckt. Hätte er raten müssen, hätte er Lehrerin gesagt, oder Sozialarbeiterin oder sowas.

Zac hielt das kleine Wesen behutsam im Arm, und sie setzten sich wieder in Bewegung. „Na dann komm, Kleines.“

ZWÖLF

Rudy war wie hypnotisiert von Zacs Händen, die die kleine schwarze Katze streichelten.

Sie saßen in der Küche. Churchill und die Hauskatzen waren aus dem Raum verbannt worden, damit Rose den Neuankömmling in Ruhe untersuchen konnte. Sie hatten dem Kätzchen Wasser und ein wenig Futter gegeben, das in Rekordzeit vertilgt worden war. Nun lag die Katze zusammengerollt auf Zacs Schoß, sah schläfrig aus und schnurrte. Offenbar genoss sie die Aufmerksamkeit. Rudy konnte ihr das nicht verdenken, während er zusah, wie Zac behutsam ihr Fell kraulte.

Glückliche Katze. Rudys Gedanken kehrten zu ihrem Kuss zurück, und ein Schauer durchfuhr ihn. Eine Ferienaffäre klang besser als nichts, und er fragte sich aufgeregt, was wohl später passieren mochte, wenn sie allein waren.

„Sie ist ein wenig dehydriert und durchgefroren, aber ansonsten ist alles in Ordnung mit ihr", sagte Rose. „Wir hatten die letzten beiden Nächte Frost, da wird sie wahrscheinlich vergeblich nach Wasser gesucht haben. Gut, dass ihr sie gefunden habt."

„Das war Churchills Verdienst", sagte Zac. „Er ist der Held hier."

„Denkst du, sie ist eine Streunerin?", fragte Rudy seine Mutter.

„Schwer zu sagen. Ich kann sie am Montag mit in die Klinik nehmen und nachsehen, ob sie gechipt ist. Wir haben keine Meldungen über vermisste Katzen, also ist sie wahrscheinlich eine Streunerin, aber manchmal legen Katzen große Entfernungen zurück. Ich werde ein Foto von ihr auf Facebook posten. Vielleicht meldet sich jemand. Bis dahin können wir sie hier versorgen. Aber wir sollten sie irgendwo einschließen, damit sie nicht weglaufen kann."

„Können wir sie bei uns im Zimmer gehalten?", fragte Zac. „Wenn es dir nichts ausmacht, Rudy? Ich fühle mich jetzt irgendwie für sie verantwortlich."

„Sicher." Rudy war zwar ein wenig eifersüchtig, weil die Katze offensichtlich Zacs Herz gestohlen hatte, aber er konnte dieser neuen, sanfteren Seite von Zac nicht widerstehen.

Rose lächelte. „Ich finde, das ist eine gute Idee. Wir finden ein Katzenklo für sie, und eine Decke, auf der sie schlafen kann, und dann könnt ihr sie mit nach oben nehmen."

„SIE BRAUCHT einen Namen." Zac lag auf dem Bett mit der Katze auf seiner Brust. Sie hatte die zusammengefaltete Decke völlig ignoriert und zog es stattdessen vor, auf Zac zu liegen. „Ich meine, vielleicht hat sie ja schon einen Namen, falls sie jemandem gehört, aber wir müssen sie ja irgendwie ansprechen, solange sie hier ist."

„Vielleicht irgendetwas Weihnachtliches?"

Zac runzelte die Stirn. „Maria? Aber das ist ein blöder Name für eine Katze."

Rudy lag neben ihm im Bett und streichelte der Katze den Rücken. Sie streckte sich und schnurrte, wobei sie ihre Krallen in Zacs T-Shirt grub.

„Autsch!", rief er.

„Wie wäre es mit Holly?", schlug Rudy vor. „Sie pikst wie eine Stechpalme, und sie hat grüne Augen. Wir könnten ihr ein rotes Halsband besorgen." Er wurde rot, als ihm bewusst wurde, was er gerade gesagt hatte. Holly gehörte nicht Zac und ihnen *beiden* schon gar nicht! Selbst falls Zac sie behalten wollte, hätte das nicht das Geringste mit Rudy zu tun.

Aber Zac schien Rudys Ausrutscher nicht bemerkt zu haben. Er grinste und löste die spitzen Krallen aus seinem T-Shirt. „Ja. Das passt. Nennen wir sie Holly."

Holly schnurrte noch lauter, offenbar zufrieden mit ihrem Namen.

Sobald sie eingeschlafen war, gelang es Zac, sie in dem Karton mit der gefalteten Decke abzulegen, ihrem provisorischen Katzenbett.

Sie mussten sich noch fürs Weihnachtsessen duschen und umziehen, und sie hatten auch nicht viel geholfen, weil sie sich um Holly gekümmert hatten. Das Weihnachtsessen fand für gewöhnlich recht spät statt, also würde es immer noch genug zu tun geben. Zumindest würde zu diesem Zeitpunkt das Badezimmer frei sein, da die anderen alle schon fertig waren.

Rudy ließ Zac den Vortritt beim Duschen, und während er wartete, suchte er sich etwas zum Anziehen heraus. Er hatte nicht viel eingepackt, beschloss jedoch, dass eine schwarze Jeans und ein dunkelrotes Hemd festlich genug aussahen. Die Farbe schmeichelte seiner blassen Haut.

Als Zac aus dem Bad kam, flitzte Rudy hinein und nahm eine Blitzdusche. Als er zurück in sein Zimmer kam, stand Zac vor dem großen Spiegel und richtete sein Haar. Er trug nichts als die Batman-Boxershorts, die Rudy ihm geschenkt hatte.

Rudy blieb bei diesem Anblick wie angewurzelt in der Tür stehen. Sein Mund stand offen, und sein Schwanz erwachte zum Leben.

„Mach die Tür zu; es zieht", sagte Zac und warf Rudy im Spiegel einen Blick zu.

Rudy schloss den Mund ... und die Tür. „Ja, sorry."

„Die Shorts passen super, danke!" Zac gab sich selbst einen Klaps auf die Hinterbacken und wackelte ein wenig mit dem Arsch. „Ich mag es, wenn sie eng sind."

Und ich erst!, dachte Rudy. Sein Handtuch begann, sich vorn zu heben, als er einen Harten bekam. Zacs Blick fiel darauf. Er grinste, und Rudy wurde rot, versuchte jedoch nicht, seine Erektion irgendwie zu verbergen — dafür war es bereits zu spät.

Zac wandte sich vom Spiegel ab und kam zu Rudy. Ein rascher Blick nach unten bestätigte, dass Rudy nicht der Einzige war, der geil wurde. Die Batman-Shorts wurden zusehends enger.

Zac ergriff entschlossen Rudys Hüften und zog ihn an sich. Rudy neigte den Kopf, und als er Zacs Lippen küsste, war es völlig anders als vorhin im Obsthain. Dieses Mal war nichts Zögerliches an dem Kuss. Er war hungrig und fordernd, und Rudy wurde ganz schwindelig. Als Zac ihn gegen die Tür drückte, vergrub Rudy seine Hände in Zacs Haar.

Das Holz war kühl an Rudys nacktem Rücken, aber Zacs Körper war warm an seiner Haut. Rudy atmete geräuschvoll ein, als Zac an seinem Hals saugt und sich dann vor ihm auf dem Holzboden auf die Knie fallen ließ.

„Autsch!" Zac verzog das Gesicht. „Das hatte ich mir im Kopf etwas eleganter vorgestellt."

Rudy lachte. Es war toll, dass Zac Rudy mit seiner Offenheit immer wieder davor bewahrte, in Unsicherheit zu versinken. Bei anderen Typen, mit denen Rudy kurz etwas angefangen hatte, hatte seine Schüchternheit und Unerfahrenheit ihn stets behindert. Bei Zac war das anders. „Hier." Rudy zog sich das Handtuch von den Hüften und ließ es auf den Boden fallen. „Das sollte helfen."

Zac faltete das Handtuch und kniete sich darauf. „Danke", sagte er grinsend. Seine Lippen waren nur Zentimeter von Rudys Erektion entfernt. „Wie aufmerksam von dir."

Rudy wollte etwas Witziges erwidern, aber dann nahm Zac Rudys Ständer in den Mund und lutschte, und Rudys Gehirnmasse schmolz und sammelte sich in seinen Eiern. Er gab einen erstickten Laut von sich. Zac sah zu ihm auf und summte mit Rudys Schwanz im Mund. Die Verbindung zwischen ihnen knisterte beinahe hörbar – eine Feedback-Schleife der Erregung, die Rudy mitriss.

Irgendwo außerhalb ihrer kleinen Blase lief jemand mit

schweren Schritten über den Treppenabsatz. Rudy erstarrte, aber Zac ließ sich nicht ablenken und machte einfach weiter. Er schob einen Arm zwischen Rudys Beine, nahm dessen Eier in die Hand und massierte die Stelle dahinter.

„Oh Gott", murmelte Rudy. Unter dem beharrlichen Druck von Zacs Fingern spreizte er die Beine weiter und lehnte sich mit dem Rücken an die Tür, um nicht das Gleichgewicht zu verlieren.

Zac zog seinen Mund von Rudys Schwanz und fragte atemlos: „Ist das okay? Kann ich meine Finger benutzen?"

Rudy nickte. Er konnte keine Worte formen, abgesehen von einem gekeuchten „Ja." Allein der Gedanke, dass Zac ihn dort berühren würde, sorgte dafür, dass sich seine Arschmuskeln unwillkürlich zusammenzogen. Sämtliche Nervenenden flammten erwartungsvoll auf.

Zac lutschte an seinen Fingern, bis sie nass glänzten, dann nahm er erneut Rudys Schwanz in den Mund. Gleichzeitig begann er, mit seinen feuchten Fingern sanft Rudys Loch zu reiben.

Rudy biss sich auf die Lippe und unterdrückte ein Stöhnen, als seine Muskeln nachgaben und Zac mit einer einzigen, schnellen Bewegung in ihn eindrang. Es fühlte sich unglaublich an, voll und eng und fantastisch. Zac benutzte nur einen Finger, aber als er ihn krümmte und Rudys Prostata fand und sie im selben Rhythmus mit dem seines Mundes an Rudys Ständer rieb, war es genug.

„Ich komme", stieß Rudy hervor. Mit einem deutlichen Rums ließ er seinen Kopf zurück an die Tür fallen, und dann konnte er sich kaum noch aufrecht halten, als er mit einem lauten Stöhnen in Zacs Mund kam.

Als er fertig war, ließ Zac zufrieden grinsend von Rudys Schwanz ab und zog behutsam seinen Finger heraus. „Das war geil. Du bist so empfindsam. Liegst du beim Sex gern unten?“

Rudy bekam hochrote Wangen. „Ich ... ähm, ja.“ Er konnte nicht zugeben, dass er das noch nie versucht hatte. Er fummelte beim Masturbieren gern an seinem Arsch, und er hatte einen Dildo in der Nachtschublade, der oft zum Einsatz kam. Also war er sich ziemlich sicher, dass es ihm gefallen würde, sollte er die Gelegenheit bekommen. Es war auch nicht so, als hätten andere Typen das nie gewollt; manche waren sogar recht zudringlich geworden, was das betraf. Aber Rudy hatte keinem genug vertraut. Bei Kerlen, die er nicht kannte, hatte er es vorgezogen, bei Handjobs und Blowjobs zu bleiben. Aber falls Zac ihn ficken wollte, würde Rudy ihn ohne Zögern lassen.

„Super. Ich würde dich wahnsinnig gern ficken.“ Zac war noch immer auf den Knien. Eine Hand hatte er in seine Shorts geschoben und rieb seinen Schwanz.

„Was ... jetzt?“ Rudys Herz hämmerte.

Erneut waren Schritte auf dem Treppenabsatz zu hören. Rudy konnte sich nicht vorstellen, seine Jungfräulichkeit zu verlieren, während vor der Tür alle paar Minuten Familienmitglieder vorbeimarschierten.

„Nein.“ Zac stand auf, die Hand in seinen Boxershorts immer noch in Bewegung. „Aber vielleicht heute Nacht. Wenn du Lust dazu hast?“

„Ja“, sagte Rudy. „Ich habe Lust. Auf jeden Fall.“

Zac lächelte und küsste ihn. Rudy erwiderte den Kuss und drückte sich an Zac, sodass er die Bewegung von Zacs

Hand spürte. Sofort durchflutete Wärme seinen Unterleib, obwohl er gerade erst gekommen war.

„Lass mich ... dir einen blasen", flüsterte er zwischen Küssen.

„Ja", antwortete Zac mit rauer Stimme. „Ich will das."

ABER DANN ERTÖNTEN neue Schritte auf der Treppe, und Natalie rief laut: „Rudy, beeil dich. Papa will, dass wir alle in der Küche helfen, und ihr zwei seid die Letzten, also fällt euch das Kastanienschälen zu!"

„Scheiße", fauchte Rudy und drückte seinen Rücken gegen die Tür in der Hoffnung, dass Natalie nicht klopfte. Dann rief er zurück: „Ja, alles klar. Wir sind in einer Minute unten." Rudy lehnte seine Stirn an Zacs. „Tut mir leid. Aber wir müssen es wohl auf später verschieben."

„Ja", sagte Zac bedauernd. Er drückte seinen Ständer ein letztes Mal, dann richtete er seine Unterwäsche. Seine Erektion war immer noch deutlich zu sehen.

Sie zogen sich hastig an. Zac brachte sein Haar erneut in Ordnung – Rudy hatte es völlig zerzaust. Auch Rudy stylte seine Haare mit etwas Wachs und seinen Fingern, bis es so fiel, wie er wollte.

„Fertig?", fragte er Zac.

„Ja." Zac grinste. „Mein Ständer ist wieder unter Kontrolle."

„Tut mir echt leid. Das ist schon das zweite Mal, dass ich gekommen bin und dich dann hängen lasse."

„Manchmal macht das Warten es noch ein bisschen geiler." Zac griff sich in den Schritt. „Aber ich muss jetzt aufhören, daran zu denken, sonst habe ich gleich Schwierigkeiten beim Laufen."

Rudy lachte. „Okay, sorry. Beim Kastanienschälen sollte sich dein Problem von selbst auflösen. Das ist eine elende Pulerei und man verbrennt sich leicht die Finger."

„Die perfekte Ablenkung."

Zac schaute nach, ob Holly Wasser hatte. Sie schlief immer noch tief und fest. „Ich werde später noch einmal nach ihr sehen."

Als sie gingen, schlossen sie die Tür hinter sich, damit die Katze nicht auf Wanderschaft gehen konnte.

In der Küche herrschte rege Betriebsamkeit. Es war warm, und das Fenster war von den Kochdämpfen beschlagen.

Heute hatte Rudys Vater das Kommando. Das Weihnachtsessen war traditionell seine Show. Er wirbelte in einer blau-weiß gestreiften Metzgerschürze durch die Küche und rief Befehle wie ein Stabsmajor. „Beeilt euch mit den Kartoffeln, die müssen bald in den Ofen!"

Ro und Großvater schälten Gemüse, und Jamie und Sid hackten Karotten. Natalie und Raj hatten Kartoffeldienst, und Rose belud die Geschirrspülmaschine.

„Ich fürchte, für euch bleiben nur die Kastanien", saget Jack.

„Ja, Natalie sagte das schon."

Rudy und Zac nahmen die freien Stühle am anderen Ende des Tisches, und Jack stellte eine dampfende Schüssel Esskastanien vor sie hin. Sie waren geröstet, um sie weicher zu machen, aber die Schalen zu entfernen, war immer nervtötend. Rudy hasste diese Aufgabe.

Er nahm zwei Messer und reichte eines davon Zac.

„Was muss ich tun?", fragte Zac.

„Papa hat die Schalen vor dem Rösten eingekerbt, sodass sie theoretisch leicht abgehen müssten, aber meistens wissen die Kastanien das nicht. Schäl sie einfach, so gut es geht und benutze das Messer, um irgendwelche kleinen Stücke und Flocken abzukratzen, die übrig bleiben."

„Autsch!", rief Zac, als er ein Stück Schale abzog und seine Finger die heiße Frucht darunter berührten.

„Ja, vorsichtig. Sie sind ziemlich heiß. Aber die Schale geht leichter ab, wenn sie noch nicht abgekühlt sind."

„Leichter, aber schmerzvoller."

„Ganz genau." Rudy grinste verlegen.

Trotz seiner Beschwerde erwies sich Zac als recht geschickt beim Kastanienschälen. Sie arbeiteten sich beständig durch die Schüssel, bis kein Stück mehr drin war.

„Wir sind fertig, Papa. Was sollen wir als Nächstes tun?", fragte Rudy.

„Ihr könnten den Esszimmertisch decken und das Kaminfeuer anmachen, damit es bis zum Essen warm im Zimmer ist."

Weihnachten war eine der wenigen Gelegenheiten im Jahr, zu der die Familie das Esszimmer seinem eigentlichen Zweck zuführte. Das machte die gemeinsame Mahlzeit auf eine Weise festlich, die Rudy aufregend fand. Den Tisch zu decken, war Rudys liebste Aufgabe als Kind gewesen. Das alles gehörte einfach zu einem richtigen Familienweihnachten dazu.

„Herrje, es ist eiskalt hier drin." Rudy schauderte sichtlich. Er konnte seinen Atem in der kalten Luft des Esszimmers sehen. Es lag auf der anderen Seite des Hauses, weit weg von der warmen Küche, und der Radiator hatte noch nie richtig funktioniert – trotz mehrerer Versuche, ihn zu reparieren.

Zac half ihm, die Platzdeckchen auszulegen, sowie das Besteck, das nur zu besonderen Gelegenheiten herausgeholt wurde. Dann holte Rudy Servietten, Serviettenringe und schwere Kristallweingläser – ebenfalls etwas, das nur wenige Male im Jahr zum Einsatz kam.

Zac stellte ein Glas an jeden Platz. „Deine Familie ist ja richtig piekfein."

Rudy zuckte die Achseln, errötete und mied Zacs Blick.

„Kann schon sein."

„Sie sind toll", fügte Zac rasch hinzu. „Ich meinte das nicht negativ. Ich hatte erwartet, mich viel mehr fehl am Platze zu fühlen. Deine Familie ist wirklich unheimlich nett, und ich fühle mich sehr willkommen hier."

Rudy hob den Kopf und lächelte. „Du *bist* hier willkommen!"

„Aber nur, weil sie denken, ich wäre dein fester Freund, oder?"

„Nein." Rudy schüttelte den Kopf. „Auch wenn du nur ein Kumpel wärst, wärst du genauso willkommen."

„Und was, wenn sie wüssten, dass wir Freunde mit Extras sind?

„Sind wir das?" Rudy fühlte einen Stich der Enttäuschung, unterdrückte ihn aber sofort und schalt sich, nicht so dumm zu sein. Was sie jetzt miteinander hatten, war schon viel mehr, als er noch eine Woche zuvor zu hoffen gewagt hätte.

Zac zuckte mit den Schultern und wandte den Blick ab.

Rudy seufzte verwirrt. Manchmal glaubte er eine Minute lang beinahe, Zac hätte Gefühle für ihn, aber immer, wenn Rudy ihm zu nahe kam oder eine Frage über die Natur ihrer Beziehung stellte, machte Zac sofort dicht. Einen Schritt nach vorn, zwei Schritte zurück.

Als der Tisch fertig gedeckt war, hockte Rudy sich vor den Kamin.

„Kann ich helfen?"

„Klar. Du kannst ein paar alte Zeitungen zum Anzünden zusammenknüllen."

Sie arbeiteten zusammen. Manchmal berührten sich ihre Hände, als sie das Zeitungspapier auf den Kaminrost legten. Zac hatte noch nie ein Kaminfeuer angemacht, also zeigte Rudy ihm, wie man die Papierknäuel so platzierte, dass das Holz darüber gleichmäßig Feuer fing.

„Gut." Rudy setzte sich zurück auf seine Fersen. „Das sollte reichen. Und sobald es richtig brennt, können wir ein paar größere Scheite auflegen, die langsamer abbrennen."

„Kann ich es anzünden?"

„Ja, natürlich. Hier, bitte." Er reichte Zac die Streichhölzer. „Am besten geht es, wenn du es an mehreren Stellen anzündest.

Zac entzündete ein Streichholz und hielt die Flamme ans Papier, dann machte er dasselbe noch einmal ein Stück weiter daneben, und noch einmal. Er runzelte ein wenig die Stirn und sah sehr konzentriert aus. Rudy beobachtete ihn ganz versonnen und spürte eine neue Welle sehnsüchtigen Verlangens. Nicht Sexuelles dieses Mal. Er wünschte sich einfach nur, Zac wäre Teil seines Lebens. Es war schön, ihn hier zu haben und zu sehen, wie er sich entspannte und sich im Kreis von Rudys Familie langsam öffnete. Es fühlte sich erschreckend richtig an, und Rudy musste sich daran erinnern, dass sie nur Freunde waren – eigentlich sogar nur Arbeitskollegen. Es war nur eine kleine Weihnachtsaffäre, eine Illusion aufgrund gewisser Umstände. Und sie würde dahinschmelzen wie Schneeflocken auf der Hand, sobald die Feiertage hinter ihnen lagen.

Ein freudiges Lächeln breitete sich auf Zacs Gesicht aus, als das Feuer in Gang kam und das Anmachholz zu knistern begann. Das orangefarbene Flackern ließ seine Gesichtszüge aufleuchten, und Rudy fühlte sich überwältigt von seinen Emotionen. Seine Sehnsucht nach Zac flammte genauso auf wie das Feuer auf dem Rost.

„Soll ich schon größere Scheite drauflegen?", fragte Zac.

„Oh, äh ... ja." Rudy konzentrierte sich wieder auf ihre Aufgabe. „Nimm zuerst ein paar von den mittelgroßen."

Ein ordentliches Kaminfeuer in Gang zu bringen, war eine delikate Angelegenheit. Wenn man zu hastig war, dann konnte man die Flammen ersticken, bevor das Feuer richtig brannte.

Sie knieten Seite an Seite. Rudy gab Anweisungen, und Zac fütterte nach und nach die Flammen, bis es im Zentrum ordentlich heiß glomm. Langsam breitete sich die Wärme aus und beheizte den ganzen Raum.

Schließlich legte Zac einen der großen Kiefernscheite ganz oben drauf, und sie schauten gemeinsam zu, wie das Holz sich schwärzte und die Flammen daran züngelten.

„Okay, jetzt können wir es für eine Weile in Ruhe lassen", sagte Rudy und stand auf. Seine Knie protestierten, nachdem sie so lange auf dem kalten Boden gewesen waren. Er schob das Schutzgitter vor das Feuer. „Sollen wir nachschauen, ob Papa noch weitere Hilfe in der Küche braucht?"

Zac nickte. „Ja. Ich gehe nur schnell erst nach oben und sehe nochmal nach Holly."

DREIZEHN

Zac öffnete die Tür zu Rudys Zimmer ganz vorsichtig in dem Wissen, dass auf der anderen Seite eine Katze warten könnte. Aber Holly schlief nach wie vor in ihrem Karton an der Heizung. Als er sie streichelte, öffnete sie einen Moment die Augen und schnurrte, wurde aber nicht richtig wach. Wahrscheinlich war sie erschöpft, nachdem sie so lange draußen in der Kälte ausgeharrt hatte.

Er füllte noch ein wenig Futter in ihren Napf für den Fall, dass sie später aufwachte und Hunger hatte. Dann schlich er leise wieder aus dem Zimmer und ging nach unten.

Die ganze Familie war in der Küche versammelt. Rose stellte Sektgläser auf den Tisch. „Oh, du kommst gerade recht. Magst du Champagner, Zac?"

„Äh, ja. Danke." Zac hatte noch nie welchen getrunken, aber das würde er vor Rudys Familie nicht zugeben.

Sie strahlte. „Oh, gut. Das ist bei uns Weihnachtstradition. Wir trinken mittags immer zusammen ein Glas Blubberwasser."

„Ja, weil Mama süchtig nach dem Zeug ist“, warf Sid ein.

„Na ja, ich habe eine kleine Schwäche dafür. Aber es ist ein besonderer Anlass. Es ist Weihnachten, und die ganze Familie ist zusammen unter einem Dach. Das ist auf jeden Fall ein Grund zu feiern.“

Sie machte eine zweite Flasche auf, während die ersten vollen Gläser herumgereicht wurden.

„Wie geht es Holly?“, fragte Rudy Zac.

„Alles in Ordnung. Sie schläft noch, und es sieht so aus, als würde sie noch eine ganze Weile nicht aufwachen.“

Oh, sie muss ganz schön erledigt sein“, sagte Rose. „Jetzt hat sie einen sicheren und warmen Platz, da kann sie erst einmal Schlaf nachholen.“

Sobald jeder ein volles Glas hatte, hob Rose das ihre. „Frohe Weihnachten, ihr alle. Danke, dass ihr hier seid, um zusammen mit uns zu feiern.“

Alle hoben ebenfalls ihre Gläser, murmelten ihre Weihnachtsgrüße und nahmen einen Schluck.

„Und auf die Familie“, fügte Rose hinzu. „Ich fühle mich gesegnet, euch alle zu haben.“

„Auf die Familie“, wiederholte Rudy neben Zac und hob erneut sein Glas.

Sein Gesicht glühte und er lächelte glücklich. Zac verspürte einen Stich von Neid und Unbehagen. Als er aufgewachsen war, war so etwas wie das hier alles gewesen, wonach er sich gesehnt hatte. Plötzlich kam er sich wie ein Eindringling vor, der aus der Kälte hier hereingestreut war wie Holly, abhängig von der Güte anderer. Die anderen lächelten Zac an und bezogen ihn in den Trinkspruch mit ein. Aber was würden sie denken, wenn sie die

Wahrheit wüssten? Er und Rudy waren nicht wirklich ein Paar, nicht so, wie die Familie es annahm. Er bekam Schuldgefühle, weil sie ihn aufgrund einer Täuschung willkommen geheißen hatten. Er war ein Hochstapler und verdiente den Platz am Tisch dieser Menschen nicht, die ihn so willig in ihr Leben gelassen hatten.

Der Champagner lag ihm schwer im Magen, kalt und scharf prickelnd.

Als könnte Rudy fühlen, wie sich die Dunkelheit in Zacs Gedanken drängte, rückte er mit seinem Stuhl näher und drückte sein Knie an Zacs. Zac konzentrierte sich auf die Stelle, wo sie einander berührten, und zog Trost daraus. Er nippte an seinem Glas und ließ sich von den Unterhaltungen um sich herum einlullen.

„Dem Koch muss dringend nachgeschenkt werden, Liebling", sagte Jack vom Herd her, wo er für irgendetwas Wasser in Töpfen erhitzte.

„Schon? Das ging schnell." Rose schenkte mehr Champagner in Jacks Glas, dann öffnete sie eins der beschlagenen Fenster, um etwas frische Luft in die feucht-warme Küche zu lassen.

„Kochen macht durstig. Danke, du Liebe meines Lebens." Jack warf ihr eine Kusshand zu.

Rose stellte die Flasche hin und schlang ihre Arme um Jacks Taille, während er in einem Topf rührte.

Er drehte sich um und gab ihr einen Kuss auf den Mund. „Lieb' dich."

„Ich dich auch." Rose lächelte und ließ ihn los.

Jamie stöhnte. „Ihr zwei seid viel zu alt, um noch so verknallt zu sein."

Jack lachte. „Ist das so? Tut mir leid, da muss ich wohl

das Memo darüber verpasst haben, dass die Jugend ein Monopol auf Romantik hat. Ich liebe eure Mutter so sehr wie am ersten Tag, vielleicht sogar jedes Jahr mehr."

Jamie gab übertriebene Würgegeräusche von sich.

Natalie stieß ihn in die Rippen. „Halt die Klappe, Jamie. Wir können froh sein, in unseren Eltern ein so gutes Beispiel für eine glückliche Partnerschaft zu haben. Ich werde mich glücklich schätzen, sollten Raj und ich in dreißig Jahren so sein."

„Es war Liebe auf den ersten Blick, wisst ihr?", sagte Jack.

Sid verdrehte die Augen. „Ja, wissen wir. Das hast du uns ja höchstens tausendmal erzählt."

Raj sagte leise: „Also, ich kenne die Geschichte noch nicht. Und Zac wohl auch nicht."

Zac blickte auf, aus seiner Trance gerissen.

„Tja ..." Jack drehte sich von her weg, um die Gruppe anzusehen. „Ich war auf einem Blind Date, dass einer von meinen Freunden eingefädelt hatte. Ich sollte ein Mädchen treffen, das er kannte. Er sagte, ich sollte nach einer wunderschönen Rothaarigen in einem grünen Kleid Ausschau halten. Und ich fand sie. Sie saß auf einer Parkbank und las ein Buch. Und es war, als hätte mich Amors Pfeil getroffen. Als ich näherkam, sah ich, dass sie ‚Der Herr der Ringe' las, und das besiegelte die Sache." Jack grinste, als alle lachten. Also ging ich zu ihr und begann mit ihr ein Gespräch über Hobbits. Wir gingen Kaffee trinken und redeten stundenlang. Erst am Ende des Dates fand ich heraus, dass ich den falschen Rotschopf angesprochen hatte. Rose hatte nur gedacht, ich wäre ein wenig übertrieben kontaktfreudig, beschloss aber, einfach mitzumachen."

Zac stieß ein schnaubendes Lachen aus, und Raj keuchte. „Ist nicht wahr!"

„Doch. Diejenige, die ich eigentlich treffen sollte, dachte, ich hätte sie versetzt. Sie hatte auf einer Bank ein Stück weiter den Weg entlang gewartet. Ich übermittelte ihr durch meinen Freund eine Entschuldigung, zusammen mit einem Strauß Blumen. Aber ich habe sie nie kennengelernt, denn da hatte Rose schon längst mein Herz gestohlen." Er zwinkerte seiner Frau zu. „Einen Monat darauf machte ich ihr einen Antrag, und sie sagte Ja."

„Das ist eine tolle Geschichte", sagte Raj. „Wie aus einem Liebesfilm."

„Aber denkst du wirklich, es war Liebe auf den ersten Blick?", fragte Ro. „Es ist reines Glück, dass ihr so gut zusammenpasst. Das konntet ihr ja nicht wissen, indem ihr euch nur angesehen habt."

„Natürlich nicht", sagte Rose. „Aber Jack ist ein unverbesserlicher Romantiker und behauptet gern, dass es so war. Ja, wir hatten wirklich Glück, denke ich. Eine zufällige Begegnung, bei der wir beide uns unsterblich verliebten. Und der Rest ist Geschichte."

„ABER WANN WUSSTEST DU ES?", beharrte Ro. „Dass er der Richtige war?"

„Keine Ahnung. Irgendwann war es einfach ... offensichtlich. Wir passten perfekt zusammen."

Unwillkürlich suchte Zacs Blick Rudy, und sie sahen einander einen unbehaglichen Moment lang an. Zacs Herz schlug heftig. Rasch wandte er den Blick wieder ab. Seine Wangen glühten.

„Entschuldigt mich eine Minute." Er stand auf und flüchtete in den Flur. Er brauchte einen Augenblick für sich allein, also ging er ins Esszimmer und sah nach dem Feuer. Der Kiefernscheit war fast heruntergebrannt, aber die Glut brannte noch heiß. Zac legte ein weiteres Scheit auf und stocherte ein wenig in der Glut, bis erneut Flamme hochzüngelten.

Vielleicht sollte ich es mit Rudy versuchen ...

Zac hatte sich nie vorstellen können, eine dauerhafte Beziehung zu haben. Einen Partner, eine Familie. Aber die Idee einer solchen Zukunft drängte sich mehr und mehr in den Vordergrund, greifbar und voller Versprechen. Es schien das Risiko wert zu sein. Falls es nicht mehr als beiderseitige Schwärmerei war, würde sie ihren Lauf nehmen und irgendwann ausbrennen wie ein Feuer, um das sich niemand kümmerte. Aber falls zwischen ihnen doch mehr war ... nun, das konnten sie nur herausfinden, wenn sie es miteinander versuchten.

„Hey, ist alles in Ordnung?"

Zac zuckte bei Rudys Stimme zusammen. Er war so in seinen Gedanken verloren gewesen, dass er ihn gar nicht hereinkommen gehört hatte. Er stand auf und drehte sich zögernd zu Rudy um. „Ja. Ich dachte mir nur, ich sehe mal nach, ob das Feuer noch brennt. Ich hab' noch etwas Holz draufgelegt."

„Sieht gut aus."

Zac betrachtete Rudy. *Er* sah gut aus. Sein rotes Hemd stand ihm gut, und mit seinen braunen Haaren, die ihm in Stirn fielen, sah er liebenswert zerzaust aus. Die hoffnungsvolle Unsicherheit in seinem Gesicht machte seltsame Dinge mit Zacs Magen. Und auch etwas weiter unten. „Komm her." Er streckte seine Hand aus.

Rudy ergriff sie und ließ sich in Zacs Arme ziehen. Sie küssten sich, warm und zärtlich und gerade sexy genug, dass es Zac den Atem raubte. Als der Kuss endete, waren Rudys Wangen gerötet, und seine Augen leuchteten. Er lächelte, und Zac lächelte zurück. Zac wollte ihn; er wünschte sich, das mit Rudy wäre etwas, das auch nach dem magischen Weihnachtszauber andauern würde, der sie hier umgab.

Er wusste, er musste mit Rudy aufrichtig sein, musste offen über seine Gefühle sprechen und darüber, was ihm solche Angst machte. Aber jetzt war nicht der richtige Zeitpunkt. Nicht heute. Vielleicht würde das Gespräch nicht gut enden, und Zac wollte das Weihnachtsfest nicht verderben, für keinen von ihnen.

Für heute konnten sie einfach weitermachen mit ... was immer das zwischen ihnen war. Bis jetzt hatte es ja ganz gut funktioniert.

DAS WEIHNACHTLICHE MITTAGESSEN VERLIEF SO, wie Zac erwartet hatte nach allem, was er bisher über Rudys Familie gelernt hatte. Es gab irrwitzige Mengen Essen, reichlich Alkohol, lebhafte und laute Unterhaltungen und viel Gelächter. Jack hatte während des Kochens die Schürze gewechselt und dann vergessen, sie zu Essen abzulegen – es war die berüchtigte Stripperschürze. Die anderen zwangen ihn zur Strafe, die Schürze während des ganzen Essens anzubehalten, und Sid bestand darauf, ein Foto zu machen und auf Facebook zu posten.

Zac saß neben Rudy und ließ sich von dem warmen Gefühl von Akzeptanz und Familie einhüllen, während er versuchte, die damit einhergehende Vorahnung von Vergänglichkeit zu ignorieren. Es war wie einer der dünnen Papierhüte aus der Weihnachtskeks-Packung, die sie beim Essen trugen – eine Illusion, die nur allzu leicht zerbrechen konnte.

Zwischen zwei Gängen nahm Rudy unter dem Tisch seine Hand, und Zac hielt sich daran fest, als hinge sein Leben davon ab.

Nachdem der Tisch abgeräumt war, saßen sie alle im Wohnzimmer, wo das Kaminfeuer gemütlich loderte. *„Tatsächlich Liebe"* lief im Fernsehen, aber niemand sah wirklich hin. Jamie war mit seiner Playstation beschäftigt, Sid tauschte Textnachrichten mit seiner Freundin, und die meisten der Erwachsenen sahen aus, als würden sie gleich einschlafen. Rose war bereits eingedöst, und Großvater schnarchte in seinem Sessel.

Es war vier Uhr am Nachmittag, aber der Himmel draußen vor dem Fenster wurde bereits dunkler. Rudy hatte seinen Arm um Zac gelegt, und Zac ergab sich nach und nach der Lethargie und ließ seinen Kopf an Rudys Schulter sinken. Dann fielen ihm die Augen zu. Rudy zog ihn näher an sich, und Zac fiel in den Schlaf, warm, sicher und erfüllt mit einem Glücksgefühl, dass von innen heraus leuchtete.

· · ·

ALS ZAC SPÄTER ERWACHTE, war es draußen vollständig dunkel. Sein Mund war trocken, und er hatte ein wenig Kopfschmerzen von dem Alkohol beim Mittagessen. Großvater schnarchte immer noch. *„Tatsächlich Liebe"* war zu Ende, und Raj, Natalie, Ro und Jamie spielten *Mario Kart*. Rose, Jack und Sid waren nirgends zu sehen.

Zac richtete sich auf und verzog das Gesicht, als es in seinem Nacken knackte.

Rudy rührte sich neben ihm und blinzelte verwirrt. Offensichtlich war er ebenfalls irgendwann eingeschlafen. Er gähnte und rieb sich die Augen. „Wie spät ist es?"

„Keine Ahnung." Zac holte sein Telefon aus der Hosentasche. „Halb fünf", krächzte er. „Ach ... ich brauche etwas zu trinken."

„Da ist noch eine offene Flasche Wein", sagte Natalie.

„Gott, nein. Ich meinte etwas Nicht-Alkoholisches. Aber trotzdem danke."

„Tee? Kaffee?", bot Rudy an.

„Ja, Tee hört sich gut an."

„Will sonst noch jemand etwas?"

Rudy nahm von den anderen Tee- und Kaffeebestellungen entgegen, dann begleitete Zac ihn in die Küche, um bei der Zubereitung zu helfen. Nachdem sie die Getränke im Wohnzimmer abgeliefert hatten, sagte Zac: „Ich gehe lieber mal nach Holly sehen. Falls sie wachgeworden ist, hat sie wahrscheinlich Hunger."

„Ich komme mit." Rudy nahm sein Getränk, und sie gingen zusammen nach oben.

Tatsächlich war Holly wach und munter und freute sich sehr, sie zu sehen. Ihre Futterschale war leer, also füllte Zac sie auf, und Holly stürzte sich mit Begeisterung darauf. Dann fuhr sie fort, ihre Umgebung zu erkunden, während Zac und Rudy auf dem Bett saßen und ihren Tee tranken.

„Sie ist so niedlich", sagte Zac. Holly kletterte gerade halb in eine offene Schublade, dann sprang sie von dort aus auf die Fensterbank, wo sie einen losen Faden am Vorhang entdeckte. Sie setzte sich auf ihre Hinterbeine und schlug danach. Ihre kleinen, schwarzen Tatzen boxten durch die Luft, bis sie den Faden mit ihren Krallen erwischte. „Ich wollte schon immer eine Katze haben."

„Falls sich herausstellen sollte, dass sie niemandem gehört, könntest du sie behalten?"

„Nicht da, wo ich im Moment wohne", sagte Zac seufzend. „Meine Vermieterin erlaubt keine Haustiere, obwohl sie selbst eine Katze hat. Aber ich würde es da sowieso nicht riskieren. Die Wohnung liegt direkt an der Hauptstraße; da hätte ich zu viel Angst, dass der Katze etwas passiert. Aber ich wünschte, ich könnte sie behalten."

Holly sprang aufs Bett und tappte auf den freien Platz zwischen ihnen. Als Zac und Rudy gleichzeitig die Hand ausstreckten, um sie zu streicheln, berührten sich ihre Finger. Holly schnurrte, rieb ihr Köpfchen an ihren Händen und drückte den Rücken in die Liebkosung.

„Vielleicht könnte ich sie nehmen", sagte Rudy. „Mama und Papa haben schon alle Hände voll zu tun mit drei Katzen und Churchill. Ich habe einen Garten, der an die Nachbargärten grenzt; das wäre ein guter Platz für eine Katze. Und du könntest jederzeit kommen und sie besuchen."

„Besuchsrechte?" Zac musste darüber lächeln.

„So etwas in der Art." Rudy warf einen Blick aus dem

Augenwinkel zu Zac. Der hoffnungsvolle Gesichtsausdruck war zurück.

Zac gähnte. Er war immer noch träge von dem gewaltigen Mittagessen. „Ich glaube, ich könnte ein bisschen Bewegung und frische Luft gebrauchen. Hast du Lust auf einen Spaziergang?"

„Ja. Gute Idee."

Holly gab ihr Bestes, um sie davon abzuhalten zu gehen. Zunächst griff sie Zacs Schnürsenkel an, dann versuchte sie, sich zwischen seinen Beinen hindurchzuzwängen, um aus der Tür zu kommen.

Zac trug sie mit Bestimmtheit zurück zu ihrem Bett. „Tut mir leid, Holly, aber du musst hierbleiben. Wir wollen dich schließlich nicht wieder verlieren."

Sie nahmen Churchill mit, der natürlich immer Lust auf einen Spaziergang hatte. Aber dieses Mal nahm Rudy die Leine mit. „Ich dachte, wir könnten zur Abwechslung mal hinunter ins Dorf gehen. Dazu müssen wir die Straße nehmen", erklärte er, als er die Leine an Churchills Halsband befestigte.

Es war wieder einmal frostig draußen. Die Straße unter ihren Stiefeln war vereist und glitzerte im fahlen Mondlicht. Ihr Atem formte weiße Wolken in der Luft.

Rudy hatte Churchills Leine in einer Hand, also ging Zac an seiner anderen Seite neben ihm her. Ihre Hände stießen aneinander, und Zac nahm Rudys Hand und verschränkte ihre behandschuhten Finger miteinander.

Rudy drückte kurz. „Das ist schön."

„Ja." Das war es wirklich.

Nachdem sie etwas zehn Minuten lang die mondbeschiene Straße entlanggegangen waren, kam eine kleine

Gruppe Häuser in Sicht. Bei den meisten davon waren die Vorhänge offen, und die Lichter von Christbäumen funkelten in den Fenstern. Manche hatten Lichterketten um die Haustüren drapiert oder in den Bäumen ihrer Gärten aufgehängt. Es sah zauberhaft aus.

„Würdest du gern etwas trinken gehen?", fragte Rudy, als sie an einem Pub namens Fox & Hounds vorbeikamen.

Zac zögerte. „Nicht unbedingt. Aber wenn du willst?"

„Nein, schon gut. War nur eine Idee."

„Ich will nicht noch mehr Alkohol", gestand Zac. „Wir hatten ja eigentlich für heute Nacht etwas geplant, und … ich glaube nicht, dass Alkohol dabei hilfreich sein wird."

„Oh. Äh, ja. Stimmt." Rudy leckte sich die Lippen.

Es war im Dunkeln schwer zu sagen, aber Zac hätte darauf gewettet, dass Rudy rot wurde. „Aber wir müssen nicht", fügte er hinzu. Er wollte Rudy zu nichts drängen.

„Ich will es", sagte Rudy bestimmt. „Wenn du auch willst."

Zac drückte Rudys Hand in seiner. „Ich will auf jeden Fall." Er drehte sich zu Rudy um, zog ihn an sich und küsste ihn leidenschaftlich. Er versuchte, seine Gefühle hineinzulegen, nicht nur sein Verlangen, um Rudy ohne Worte zu sagen, dass es für ihn mehr war als nur eine kleine Weihnachtsaffäre.

Als sie sich wieder voneinander lösten, grinsten beide, und ihr Atem vermischte sich in der frostigen Luft.

Rudys Augen leuchteten, und die Lichterketten um die Fenster des Pubs spiegelten sich darin. „Ich wünschte, wir könnten sofort ins Bett gehen, wenn wir zurückkehren."

„Ja, ich auch. Aber das wäre ein bisschen unhöflich."

„Ja, um den Spieleabend werden wir uns nicht drücken

können. Ich hörte Natalie vorhin etwas über Pictionary murmeln, und Jamie schlug schon wieder Twister vor."

„Oh Gott", sagte Zac lachend.

Rudy runzelte die Stirn. „Tut mir leid, dass du die Spielehölle in meiner Familie aushalten musst. Ich wette, du wünschst dir inzwischen, meine Einladung nie angenommen zu haben." Rudy hörte sich nur halb so an, als würde er scherzen.

„Dir muss nichts leidtun. Es gibt keinen Ort, an dem ich jetzt lieber wäre."

Rudy Miene löste sich, und er lächelte. „Wirklich?"

„Ja." Zacs Antwort kam ein wenig heiser heraus.

Rudy nahm wieder Zacs Hand. „Dann komm, lass uns nach Hause gehen."

Nach Hause. Die beiden kleinen Worte hatten so viel Macht. Zac hatte noch nie wirklich das Gefühl gehabt, irgendwo zu Hause zu sein.

Auf dem Weg zurück musste er den Kloß in seiner Kehle herunterschlucken. Er sah auf zu den Sternen und wünschte sich etwas, das er nicht in Worte fassen konnte.

VIERZEHN

Rudy war recht froh über die Ablenkung, die die Spiele mit der Familie boten.

Er war zappelig. Aufregung und freudige Erwartung mischten sich mit Nervosität wegen dem, was er und Zac später tun würden.

Als sie von ihrem Spaziergang zurückgekehrt waren, hatte Jamie es geschafft, ausreichend Leute zu einer Runde Twister zu überzeugen.

„Es ist wahrscheinlich besser, wir spielen das jetzt als später nach den Truthahnsandwiches." Jack tätschelte seinen runden Bauch. „Das Essen ist erst jetzt so richtig verdaut."

Und es floss auch schon wieder Wein. Aber Rudy lehnte ab und trank lieber Limonade, genau wie Zac. Der Alkohol hätte sicher seine Nerven beruhigt, aber er wollte einen klaren Kopf behalten. Er wollte, dass nichts die Erfahrung trübte, wenn er sich zum ersten Mal ficken ließ. Vielleicht hätte er Zac warnen sollen, dass er das noch nie zuvor getan hatte, aber beim Gedanken daran bekam er einen heißen Kopf. Zac würde ihn wahrscheinlich für einen schrägen Typen halten, weil er so unerfahren war, auch wenn Zac zu anständig war, um so etwas laut zu sagen.

Twister war eine laute Angelegenheit, super unangenehm und zum Totlachen wie üblich, und Jamie gewann beinahe jedes einzelne Spiel, weil er der Kleinste und Gelenkigste war. Als alle anderen genug hatten, unterbrachen sie das Spiel und gingen in die Küche, um sich mit Snacks zu stärken.

Rudy hatte eigentlich keinen Hunger, und er wollte nachher auch nicht vollgefressen und träge sein. Also aß er nur etwas Obst und ein paar Cracker mit Käse, und überließ die Truthahnsandwiches den anderen.

Beim Pictionary bildeten er und Zac zusammen mit Sid ein Team. Rose verbündete sich mit Jamie und Ro, und Jack, Großvater, Raj und Natalie bildeten ein Viererteam. Das Spiel war hart umkämpft, und am Ende waren Rose, Jamie und Ro die Sieger – sehr zu Jamies Freude.

Sie beendeten den Abend mit einer Runde Cluedo, was eine angenehm ruhige Abwechslung war. Der Mörder war Miss Scarlett in der Bibliothek mit einem Bleirohr, und Großvater fand es als Erster heraus.

Und dann erhob sich das große Gähnen.

Jack stand als Erster auf. „Ich bin erledigt", sagte er und streckte sich. „Gute Nacht zusammen."

Rose erhob sich ebenfalls. „Ich komme mit, mir reicht es für heute auch. Und Jamie, für dich ist es jetzt auch Zeit fürs Bett."

„Aber ich bin noch nicht müde!", protestierte Jamie.

„Das ist mir egal. Geh ins Bett und lies noch ein biss-chen, dann wirst du schnell müde."

Großvater und Ro entschuldigten sich ebenfalls, und Sid zog sich mit seinem Telefon in der Hand in sein Zimmer zurück.

Natalie schaltete den Fernseher ein und stellte fest, dass *„Stirb langsam"* gerade angefangen hatte. „Oh, perfekt!" Sie kuschelte sich neben Raj aufs Sofa und zog eine Wolldecke über sie beide.

Rudy und Zac schauten noch etwa eine Viertelstunde zu und warteten, bis voraussichtlich alle im Bad fertig geworden waren. Rudys Anspannung wuchs und drehte ihm den Magen um, aber sein Schwanz wurde hart bei dem Gedanken, endlich mit Zac allein zu sein, nackt mit ihm zusammen zu sein und sich von Zac anfassen zu lassen, seine Finger in sich zu haben, von ihm gefickt zu werden.

Als er es nicht länger aushielt, legte er Zac eine Hand aufs Knie und drückte. Zac wandte ihm den Blick zu, und Rudy hob die Brauen. „Wollen wir zu Bett gehen?"

Zacs Blick verdunkelte sich und ruhte so eindringlich auf Rudy, dass Rudy ein warmer Schauer über den Rücken lief. Zac leckte sich die Lippen und nickte kurz. Dann nahm er Rudys Hand, und sie standen auf.

„Nacht, Leute. Wir gehen auch schlafen", sagte Rudy. Er bemühte sich verzweifelt, ganz normal zu klingen, obwohl in seinem Magen eine ganze Horde Schmetterlinge wütete.

„Nacht." Raj lächelte.

„Schlaft gut!" Natalie wandte nicht einmal den Blick vom Fernseher ab.

Sie und Raj hatten offenbar nicht vor, sich in den

nächsten zwei Stunden vom Fleck zu bewegen. Rudy musste sich also keine Sorgen machen, dass sie an seiner Zimmertür vorbeikommen würde, und alle anderen waren längst in ihren Betten.

Rudys Hand war verschwitzt in Zacs Griff, als sie die Treppe hinaufgingen. Als er seine Zimmertür öffnete, wäre er beinahe über Holly gestolpert, die sich durch seine Beine zu drängen versuchte. Sie gab ein lautes Miauen von sich, als wollte sie sich darüber beschweren, so lang allein gelassen worden zu sein.

Zac hob sie hoch und kitzelte sie unter dem Kinn, bis sie still wurde und stattdessen zufrieden schnurrte. „Tut mir leid, Kleine", tröstete er sie. „Hast du gedacht, wir hätten dich verlassen? Ist schon gut, jetzt sind wir ja da."

Rudys Herz zerschmolz, trotz seines Frusts darüber, dass die Katze zunächst einmal ihre Pläne durchkreuzte. Aber er wollte ohnehin erst schnell unter die Dusche, um sicherzugehen, dass er wirklich überall quietschsauber war. Wenn er dann zurückkam, würde Holly hoffentlich erst einmal eine ausreichende Dosis Zac genossen haben.

„Kann ich zuerst ins Bad?", fragte er.

„Ich glaube nicht, dass sie mich für eine Weile irgendwo hingehen lässt," antwortete Zac grinsend.

Holly hing an ihm wie eine kleine, pelzige Klette, die Krallen in seinen Pullover gehakt, und rieb ihren Kopf an Zacs Kinn. Zac setzte sich mit ihr aufs Bett, während Rudy sich bis auf seine Unterhose auszog und ein Handtuch und ein T-Shirt nahm.

Rudys Dusche war die schnellste aller Zeiten. Er zitterte vor Kälte, als er fertig war, denn das Wasser in der Dusche brauchte immer ewig lang, um warm zu werden, und er hatte keine Geduld dafür gehabt. Er rubbelte sich gründlich mit dem Handtuch ab und versuchte, die Gänsehaut loszuwerden. Als er endlich fertig war, ging er zurück in sein Zimmer.

Der Anblick, der dort auf ihn wartete, zauberte ein Grinsen auf sein Gesicht. Zac lag im Bett auf dem Rücken, und Holly krabbelte auf ihm herum und jagte den Schnürsenkel, den Zac für sie hin und her zucken ließ.

„Soll ich Holly übernehmen, damit du ins Bad kannst?", fragte Rudy, als er sich neben Zac legte.

Zac beugte sich hinüber und gab ihm einen kleinen Kuss. „Du schmeckst nach Zahncreme. Und ja, hier … viel Spaß." Er gab Rudy den Schnürsenkel. „Ich versuche, sie müde zu machen, damit sie bald schläft. Ich dachte mir, eine aufgedrehte Katze im Bett könnte ein bisschen zu sehr ablenken von dem, was immer wir auch gleich tun werden."

Rudy lachte schnaubend. „Ja, ein bisschen vielleicht."

Sobald Zac aus dem Zimmer war, musste Rudy zugeben, dass es Spaß machte, mit Holly zu spielen, auch wenn er viel lieber mit Zac gespielt hätte. Holly war wie wild hinter dem Schuhriemen her, und wenn sie ihn zwischen ihre Krallen bekam, rollte sie sich auf die Seite und trat mit ihren Hinterfüßen danach.

„So ist's recht. Mach ihn fertig, Kätzchen!", lobte Rudy. Dann zog er gerade genug daran, um sie erneut anzustacheln.

Sobald sie ihre Beute losließ, hob er den Schnürsenkel hoch und außer Reichweite, um zu sehen, wie sie sich auf die Hinterbeine stellte, um daran zu kommen. Schließlich setzte Rudy sich in den Schneidersitz und zog den Schnürsenkel im Kreis um sich herum, damit Holly hinterherjagte.

Gerade als Holly ein wenig die Lust zu verlieren schien, kam Zac aus dem Badezimmer zurück, zog sich bis auf seine Batman-Shorts aus und schlüpfte in ein T-Shirt. Der Anblick lenkte Rudy ab, und er hörte auf, Holly zu ärgern.

„Was sollen wir nun mit ihr machen?", fragte Zac, als er aufs Bett kletterte. Er streichelte die Katze, die sich streckte und ihn anblinzelte.

„Ihr noch etwas zu fressen geben? Vielleicht macht ein voller Bauch sie schläfrig."

„Ja. Gute Idee."

Rudy lachte. „Gott, das ist ja, wie sich um ein Baby zu kümmern."

Zac schnaubte. „Da habe ich keinen Vergleich."

„Ich weiß noch, wie es war, als Jamie klein war. Glaub mir, Menschenbabys und Tierbabys, das ist kein großer Unterschied. Nur, dass Menschenbabys da bleiben, wo du sie ablegst."

Nachdem Holly noch eine kleine Portion gefressen hatte, legten sie sie zurück in ihren Karton und streichelten sie ein wenig. Sie gähnte, und schließlich legte sie sich hin und fing an, sich zu putzen.

Sie ließen sie in Ruhe und hofften auf das Beste.

Dann lagen sie im Bett, nur im Schein der Nachttischlampe, beide auf der Seite und einander zugekehrt. Rudys Nervosität hatte ein wenig nachgelassen. Aber nun knisterte wieder die Spannung zwischen ihnen. Er schluckte. „Und was jetzt?"

„Komm her", sagte Zac, und Rudy rutschte näher zu

ihm. Zuerst stießen sie mit den Knien zusammen und lachten, aber nach ein wenig hin und her schafften sie es, so zu liegen, dass sie sich küssen konnten. Zuerst war es nur warmer Atem und sanfte Zärtlichkeit, aber Rudys Puls beschleunigte sich, und sein Schwanz, der sich gegen Zacs Schenkel drückte, wurde zusehends härter. Wie es bei Zac aussah, konnte Rudy nicht fühlen, so wie sie da lagen, also schob er eine Hand nach unten. Als er Zacs Schwanz berührte, war er erleichtert, auch dort eine Erektion vorzufinden. Als Rudy ihn durch den Stoff der Batman-Shorts massierte, stöhnte Zac leise und drückte sich gegen Rudys Hand. Rudy summte glücklich und rieb sich an Zacs Oberschenkel.

Zac fuhr mit einer Hand an Rudys Seite abwärts und dann um ihn herum, um seinen Arsch zu packen. Als er seine Finger in Rudys Ritze gleiten ließ, stöhnte Rudy auf und wünschte, sie wären beide nackt. Als könnte Zac seine Gedanken lesen, schob er seine Hand in Rudys Unterhose. Die Hand war warm auf Rudys empfindsamer Haut. Und dann waren die Finger wieder da und senkten sich tiefer bis zu Rudys Eingang.

„Ist das okay?" Zac unterbrach ihren Kuss, um die Frage zu murmeln.

„Ja." Rudys Stimme klang beschämend atemlos. „Ja, auf jeden Fall. Ich will das."

„Willst du, dass ich dich ficke?" Zac streichelte behutsam Rudys Loch. Seine trockenen Fingerspitzen rieben die empfindliche Haut dort und entzündeten Funken der Lust in Rudys Unterleib.

„Ja." Rudy nahm all seinen Mut zusammen. „Aber,

äh ... du solltest vielleicht wissen, dass ich das noch nie gemacht habe."

Zac erstarrte, und Rudy wurde das Herz schwer. Oh, Gott. War es so abtörnend zuzugeben, eine 24-jährige Jungfrau zu sein? Was, wenn Zac ihn jetzt nicht mehr wollte, wo er das wusste? Rudy biss sich auf die Lippe, und als Zac ein Stück von ihm abrückte, starrte er verschämt auf Zacs Brust.

„Im Ernst?"

Rudy konnte sich nicht vorstellen, dass er noch mehr erröten konnte. Wie ein kleiner, fester Ball setzte sich die Scham in seiner Brust fest. Er fühlte sich plötzlich so ungewollt und überflüssig wie ein schlecht gewähltes Weihnachtsgeschenk. Er nickte. „Tut mir leid."

„Rudy." Zac legte zärtlich zwei Finger unter Rudys Kinn und hob sein Gesicht.

Widerwillig hob Rudy den Kopf und sah Zac an. Dessen Miene war schwer zu deuten, aber Rudys Verlegenheit verwandelte sich ein Stück weit in Erleichterung, als er die Wärme in Zacs Blick sah.

„Das muss dir doch nicht leidtun. Ganz ehrlich? Das ist total heiß. Ich meine ... wer würde denn nicht der Erste für einen sexy Typ sein wollen?" Er grinste, aufrichtig und offen, und Rudy konnte nicht anders, als zurückzulächeln.

„Ja?"

„Scheiße, ja! Ich meine, ich will nicht lügen ... das ändert die Dinge ein wenig. Ich fühle mich ein bisschen unter Druck gesetzt, es für dich schön zu machen. Ich will dich ja nicht für den Rest deines Lebens davon abschrecken."

„Ich vertraue dir", platze Rudy heraus, und dann wurde er wieder rot. „Es ist nicht so, als hätte ich vorher nie Gelegenheiten dazu gehabt. Ich wollte es nur nicht ... mit irgendjemand anderem."

Zacs Gesichtsausdruck wurde zu etwas Kompliziertem, das Rudy nicht deuten konnte, aber da war ein Anflug von Zärtlichkeit und Eindringlichkeit, bevor Zac sich vorbeugte, ihn erneut küsste, und Rudy sein Gesicht nicht mehr sehen konnte.

Zac drehte Rudy auf seinen Rücken, schob die Decke nach unten und setzte sich rittlings auf ihn. „Ist dir warm genug?", murmelte er zwischen weiteren Küssen.

„Ja." Rudys ganzer Körper war nun erhitzt von seinen Empfindungen und gespannter Erwartung. Er hatte das Gefühl, genug Hitze abzugeben, um das ganze Haus zu beheizen.

„Gut." Zac richtete sich auf, um sein T-Shirt auszuziehen, und Rudy ließ begierig seine Hände an Zacs Bauch aufwärts gleiten. Es machte ihn ganz schwindelig, dass er das tun konnte, dass er Zac berühren konnte, als würde er ihm gehören. Zac schob Rudys T-Shirt hoch. „Du auch."

Rudy half ihm und bog den Rücken hoch, um herauszuschlüpfen. Dabei stieß unabsichtlich seine Erektion gegen Zacs Arsch.

Zac drängte sich dagegen und grinste. „Vielleicht kannst du ein anderes Mal mich ficken. Hast du das schonmal gemacht?" Rudy schüttelte den Kopf. Er hatte seine Scham über seine Unerfahrenheit nun überwunden. „Willst du das?"

„Vielleicht irgendwann. Aber nicht heute Nacht." Heute Nacht wollte Rudy Zacs Schwanz in sich haben.

Dann wurde ihm bewusst, was er gesagt hatte. *Vielleicht irgendwann.* Das implizierte eine gemeinsame Zukunft über ihre Weihnachtsaffäre hinaus.

Aber Zac grinste nur. „Ich bin sicher, das lässt sich einrichten."

Bevor Rudy Zeit hatte, zu viel da hineinzulesen, lenkte Zac ihn ab, indem er an Rudys Körper abwärts rutschte und begann, Rudys Ständer durch dessen Unterwäsche hindurch zu küssen und sanft zu beknabbern. Also machte Rudy sich nicht länger Sorgen über das, was aus einem Mund kam, und konzentrierte stattdessen auf das, was Zac mit *seinem* Mund machte.

Nämlich zu versuchen, Rudy umzubringen, wie es schien. Denn er spürte nur frustrierenden, warmen Atem und viel zu leichte Küssen mit einer Lage Stoff dazwischen. Es war fantastisch und aufreizend, aber nicht annähernd genug.

„Gott, Zac, *bitte*", murmelte Rudy.

„Bitte was?" Zacs Grinsen war einfach nur dreist.

„Lutsch mir einen, fick mich. Tu *irgendwas*, bevor ich noch einmal in meine Unterhose komme."

„Ja, das wollen wir nicht, oder? Vielleicht ziehst du sie lieber aus."

Zac kletterte von ihm herunter und half Rudy aus seinen Shorts, bevor er auch seine eigenen auszog. „Hast du Gleitcreme und Kondome?"

„Oh Scheiße, nein!" Rudy war entsetzt. Was war er nur für ein Idiot. Er hatte nicht einmal daran gedacht ...

„Zum Glück für dich bin ich stets vorbereitet."

Zac durchquerte den Raum zu seinem Rucksack, und Rudy bewunderte seinen festen Arsch, als er sich bückte und etwas aus seiner Brieftasche holte. Als er mit zwei kleinen Päckchen in der Hand zurückkam, schwang sein Ständer bei jedem Schritt hin und her, dick und schwer. Er war nicht so groß wie bei einem Pornostar, sah aber dennoch ein wenig einschüchternd aus. Er hatte auf jeden Fall mehr Umfang als Rudys vertrauter Dildo.

„Willst du auf dem Bauch liegen?", fragte Zac.

„Ja." So gern er Zac auch ansah, Rudy war sicher, dass es für ihn einfacher war, mit dem Gesicht nach unten zu liegen, während Zac ... machte, was immer er gleich mit Rudy machen würde. Seine Finger einsetzten, vermutete Rudy. Rudy stellte sich vor, dass er in Rückenlage seine Beine spreizen und anziehen müsste, und dabei würde er sich viel zu entblößt vorkommen. Also drehte er sich auf den Bauch und drückte sein Gesicht ins Kissen. Die Baumwolle fühlte sich kühl an seinen erhitzten Wangen an.

„Verdammt, Rudy." Zacs Stimme klang gepresst. „Du siehst gut aus so."

Rudy erschauerte, als Zacs warme Hände an seinem Rücken hinab bis zu seinen Hinterbacken strichen, diese packten und spreizten. Rudys Loch zog sich unwillkürlich zusammen, und Zac lachte leise. „Wirst du etwa ungeduldig?"

Während Zac ihn so offen hielt, fehlten Rudy ein wenig die Worte, also brummte er nur und hoffte, Zac würde es als „Ja, du Mistkerl!" interpretieren.

„Ich nehme an, du bist auch noch nie gerimmt worden?"

Oh Gott. Rudys Ständer zuckte, hart wie eine Eisenstange zwischen seinem Körper und dem Bett. „Nein", stieß er hervor. Es kam als peinliches Quieken heraus.

„Würdest du das gern versuchen?"

„'Kay."

Und dann gab Rudy sein Bestes, um unter dem feuchten Druck und dem warmen Atem nicht zu zappeln. Es war so unglaublich geil, dass sich Rudys Zehen krümmten, aber auch seltsam kitzelig. Er wollte gleichzeitig, dass es aufhörte und dass es für immer so weiterging. Er rutschte ein wenig hin und her und hob sein Hinterteil an. Dabei strick sein Schwanz über das Laken, und seine Eier kribbelten. „Stop", keuchte er."

„Tut mir leid. Gefällt es dir nicht?"

„Doch, sehr ... ich ... *zu* sehr." Rudy stolperte über seine Worte.

„Okay, verstehe. Versuchen wir es mit Fingern. Und wenn du die Hüften etwas anhebst und aufhörst, dich an der Matratze zu reiben, hilft es wahrscheinlich auch."

Rudy stieß ein schwächliches Lachen aus. „Ja, wahrscheinlich. Ich bin super angetörnt, also ich weiß nicht, ob an diesem Punkt noch irgendwas hilft. Beeil dich einfach."

Rudy hob sich auf seine Hände und Knie und wartete darauf, dass Zac fertig wurde, mit der Gleitcreme und den Kondomen zu hantieren.

„Bereit?" Zac legte eine Hand an Rudys Hüfte.

„Japp."

Das Gefühl von Zacs Fingern, die in ihn eindrangen, war nicht neu, aber es fühlte sich viel besser an, als wenn Rudy es sich selbst machte. Er zog seine Arschmuskeln um die Finger zusammen und stöhnte, als sie hineinglitten.

„Gott, Rudy", murmelte Zac. „Sieh dich nur an. Bist du sicher, dass du das noch nie gemacht hast?"

„Nur mit einem Dildo", antwortete Rudy und sog

scharf den Atem ein, als Zac seine Prostata berührte. „Aber ich habe viel damit geübt.“

Zacs Lachen klang ein wenig gepresst. „Und jetzt stelle ich mir genau das vor. Du machst mich echt fertig.“

„Ich bin so weit. Fick mich“, sagte Rudy und schaute über seine Schulter zurück zu Zac, dessen Gesicht erhitzt und gerötet war und einen eindringlichen Ausdruck trug. Seine ganze Konzentration galt seinen Fingern in Rudys Eingang, und es war das Geilste, was Rudy je gesehen hatte.

Dann hob Zac den Blick und sah Rudy in die Augen. „Okay.“

Rudy mochte daran gewöhnt sein, sich einen Dildo reinzustecken, aber nichts hätte ihn auf das Gefühl vorbereiten können, Zacs Schwanz an seiner Rosette zu fühlen, zu spüren, wie er in ihn eindrang, warm und dick und perfekt. Die Verbindung war auf eine intensive Weise ursprünglich und fühlte sich so verdammt richtig an. Rudy bog seinen Rücken durch, um Zacs sanften, langsamen Hüftstößen entgegenzukommen. Dann erstarrte er, ballte seine Hände zu Fäusten und atmete gegen das Brennen und das gedehnte Gefühl an, während Zac darauf wartete, dass Rudys Körper sich anpasste.

„Alles gut“, sagte Rudy schließlich. „Du kannst dich bewegen.“

Zac blieb zunächst vorsichtig, bewegte die Hüften nur ein kleines Stück und blieb überwiegend tief in Rudy. Es war geil und aufreizend, aber einfach nicht genug Reibung.

Rudy ermutigte Zac, indem er seine Muskeln zusammenzog und ihn lobte: „Ja, das ist gut.“

Zac nahm ein wenig Tempo auf. Seine Finger gruben

sich in Rudys Hüften, und Rudy stöhnte, als der leichte Schmerz einen kleinen Stromstoß direkt in seinen Ständer jagte. Er fühlte, wie Zacs Eier gegen seinen Hintern stießen, als Zac ihn nun härter fickte. Ihr Atem war laut in dem stillen Raum, und das Geräusch von Haut, die an Haut klatschte, war herrlich schmutzig.

„GOTT, Rudy, ich kann mich nicht lange zurückhalten. Denkst du, du kannst so kommen? Oder willst du etwas anderes probieren?"

„Vielleicht auf dem Rücken?" Rudy wollte seinen Schwanz in die Hand nehmen, hatte aber Angst, mit dem Gesicht voran ins Kissen zu fallen, sobald Zac ihn noch härter fickte – was Rudy auf jeden Fall wollte.

Zac zog seinen Ständer heraus und gab Rudy einen leichten Klaps auf den Hintern. „Dann dreh dich um."

Rudy war es inzwischen vollkommen egal, ob er entblößt war oder nicht. Auf dem Rücken liegend war die Aussicht bedeutend besser mit Zac über sich, dessen Wangen gerötet waren und dessen dunkle Augen funkelten. Rudy zog seine Beine an, und Zac hielt sie fest, als er seinen Ständer erneut versenkte wie ein Puzzleteil, das seinen Platz fand.

„Oh verdammt, ja", seufzte Rudy, der sich fühlte wie im Himmel. Er wichste sich selbst mit einer Hand, und Zacs Schwanz tat geradezu magische Dinge in seinem Inneren – Rudy näherte sich schnell und unaufhaltsam seinem Orgasmus.

Zacs Gesicht war angespannt, seine Miene ein wenig verzweifelt. „Scheiße, ich kann nicht ..."Er kam aus dem

Rhythmus, und sein Gesicht verzerrte sich noch mehr. „Tut mir leid", keuchte er, dann kam er.

Aber es machte nichts, denn Rudy war ebenfalls so weit, und der Ausdruck auf Zacs Gesicht gab ihm den Rest. Mit einem lauten Stöhnen kam er und spritzte über seine Hand und auf seinen Bauch, und sein Arsch pulsierte um Zacs Ständer.

Als sie fertig waren, starrten sie einander an, und beide hatten exakt das gleiche Grinsen im Gesicht.

„Komm her", flüsterte Rudy und griff mit seiner sauberen Hand nach Zacs Gesicht, um ihn für einen Kuss zu sich herabzuziehen. „Das war unglaublich."

Zac rümpfte die Nase. „Bist du sicher? Ich bin ja ziemlich schnell gekommen."

„Hast du mich etwa klagen gehört? Es war toll. Besser als toll. Wie ich sagte ... unglaublich." In seinem Herzen wusste er, dass es nur so unglaublich gewesen war, weil es Zac war. Selbst mieser Sex würde mit Zac gut sein ... weil Rudy ihm vertraute. Und etwas für ihn empfand.

Ich verliebe mich in ihn.

Er verdrängte den Gedanken sofort wieder und küsste Zac erneut, denn er hatte Angst vor dem, was er vielleicht sagen würde, falls er seinen Mund nicht anderweitig beschäftigte.

FÜNFZEHN

Zacs Körper war erhitzt, seine Haut gerötet, und auf seinem Rücken kribbelte Schweiß. Rudy küsste ihn eifrig und zärtlich. Und jeder Kuss zog Zac ein wenig weiter zu ihm, ließ ihn Dinge fühlen, denen er sich stets verweigert hatte. Ließ ihn Dinge *wollen*, die ihn erschreckten.

Sie küssten sich, bis Zac innerlich ganz weich und nachgiebig war, und schließlich lösten sie sich voneinander, sodass Zac sich um das Kondom kümmern konnte, Rudy wischte sich mit Papiertüchern sauber. Dann zogen sie ihre Shorts wieder an.

Zurück unter der warmen Bettdecke küssten sie sich noch ein wenig länger, bis sie von einem leisen Miau unterbrochen wurden, gefolgt von einem kleinen Körper, der aufs Bett sprang. Holly kletterte über sie hinweg und bestand darauf, sich in den kleinen Spalt zwischen ihren Körpern zu quetschen.

Rudy streichelte ihren Kopf, und sofort begann sie zu schnurren. „Tja, ihr Timing war ziemlich gut, schätze ich."

„Perfekt. Als hätte sie es gewusst."

Rudy lachte. Seine Miene war sanft und glücklich. „Ich hoffe wirklich, dass sie niemandem gehört. Ich würde sie gern mitnehmen und behalten. Ich würde ihr ein Zuhause geben."

Das wehmütige Ziehen in Zacs Brust wurde stärker. Diese erblühende Beziehung zwischen ihnen fühlte sich an wie etwas sehr Kostbares, und der Drang, seine Gefühle zu gestehen, wurde überwältigend. Aber die Angst ließ Zac stumm bleiben. Das hier zu haben und dann wieder zu verlieren, wäre so viel schlimmer, als es erst gar nicht bekommen. Zac wagte einfach nicht, auf ein Happy End zu hoffen. Das Leben hatte ihn gelehrt, dass Happy Ends nur für andere Leute bestimmt waren, also schluckte er den Kloß in seiner Kehle herunter. „Glückliche Katze", murmelte er, um einen leichten Tonfall bemüht.

Offenbar versagte er jedoch kläglich, denn Rudy hörte auf, Holly zu streicheln, und nahm stattdessen Zacs Hand. „Hey. Was ist denn?"

Rudys liebevolle Geste zusammen mit allem, was in den letzten Tagen geschehen war – alles, wovon er in seiner Kindheit geträumt hatte – es war plötzlich einfach zu viel für ihn. Er hatte eisige Mauern um sein Herz herum errichtet, hatte sich von anderen Menschen ferngehalten, weil er Angst hatte, irgendwem zu vertrauen. Aber Rudy hatte seine Rüstung perforiert, hatte all ihre Schwachpunkte gefunden, und nun bröckelten die Wände und fielen in sich zusammen. Und mit ihnen Zacs Fähigkeit, seine Gefühle zu verbergen.

„Zac?" Rudy drückte seine Hand.

Tränen stiegen Zac in die Augen, heiß und beschämend, und Zac versuchte, sie wegzublinzeln. Er nahm einen zitternden Atemzug und zwang sich zur Ruhe, damit er sprechen konnte. „Tut mir leid", stammelte er. „Ich schätze, es gibt ein paar Dinge, die ich dir sagen sollte. Holly hat bei mir irgendwie einige schwierige Erinnerungen hochgeholt." Ein bitteres Lachen entfuhr ihm, beinahe ein Schluchzen. „Ich bin wohl der einzige Mensch auf der Welt, der von einer verdammten Katze aus der Fassung gebracht wird. Gott ..."

Als er Rudy anschaute, fand er in dessen Gesicht nichts als Zuneigung und Sorge. Kombiniert mit Rudys festen Griff, mit der Zacs Hand hielt, gab ihm das den Mut zu sprechen.

„Also ... ich habe dir ja gesagt, dass ich keine Familie habe. Aber ich habe dir nie erklärt, wieso nicht. Übrigens ... danke, dass du nicht gefragt hast. Es fällt mir schwer, darüber zu sprechen." Er schluckte. „Ich wurde als Baby ausgesetzt. Niemand wusste, wie alt ich genau war, aber nicht älter als ein paar Wochen. Meine Mutter – man nahm an, dass es meine Mutter gewesen war – ließ mich in einer öffentlichen Toilette liegen. Eine Putzfrau fand mich dort."

Das vertraute, quälende Gefühl von Scham zog Zacs Magen zusammen, als er das gestand. Er wusste, dass es idiotisch war, sich für etwas zu schämen, das nicht seine Schuld war, aber er konnte nichts dagegen tun.

„Oh, Zac." Rudys Augen glänzten feucht.

„Lass mich zu Ende erzählen ... sonst bringe ich es niemals heraus. Ich kam natürlich in Pflege, und später wurde ich adoptiert. Aber meine Adoptivmutter starb bei einem Unfall, als ich vier war. Und mein Adoptivvater kam nie darüber hinweg und verfiel dem Alkohol. Er konnte sich nicht mehr um mich kümmern, und ich kam wieder ins Heim. Mein Adoptivvater erholte sich nie wieder genug, um mich zurückholen zu können."

„Ich war ein schwieriges Kind", fuhr Zac fort. „Ich war irgendwie immer zornig. Und so durchlief ich mehrere Pflegestellen und Kinderheime, bis ich aus der letzten Pflegefamilie davonlief und von da an durch die Maschen des Systems schlüpfte, bis ich volljährig war."

Er versuchte, ruhig zu sprechen, aber die Bitterkeit sickerte dennoch durch wie Säure. „So sieht es also aus. Das ist meine tragische Geschichte. Und ich schätze, sie erklärt, warum ich nicht besonders gut darin bin, Menschen an mich heranzulassen."

„Ich weiß nicht, was ich sagen soll." Rudy sah erschüttert aus. „Ich kann mir nicht einmal vorstellen …"

„Natürlich kannst du das nicht", sagte Zac unwirsch. „Unsere Leben könnten unterschiedlicher gar nicht sein. Du hast alles, was ich nie hatte."

Rudy zuckte zusammen, aber er ließ Zacs Hand nicht los und wich seinem Blick nicht aus. Zac konnte nicht wegschauen, als Rudy sagte: „Aber du hast *mich* an dich herangelassen."

Es war keine Frage.

Zac Herz flatterte wie ein Vogel mit einem gebrochenen Flügel. Angst und Hoffnung rangen in seiner Brust. „Sieht ganz so aus. Aber ich bin innerlich kaputt, Rudy. Ich bin nicht einmal sicher, ob ich weiß, wie man eine Beziehung mit jemandem hat. Es ist so lange her, dass jemand mich geliebt hat, dass ich gar nicht weiß, ob ich selbst fähig bin zu lieben. Und ich weiß, es ist noch sehr früh, aber diese Sache zwischen uns, diese Affäre oder wie immer wir es nennen, hat sich irgendwie verselbständigt und mich eiskalt erwischt, und ich will das. Aber ich habe Angst."

„Wovor?"

„Davor, es zu vermasseln, dich zu verletzen, und ... dass du mich verletzt."

Und das war die Wurzel des Ganzen. *Verlass mich nicht.*

Zac hatte in seinem Leben schon genug Verluste erlitten, und er hasste es, erneut so verwundbar zu sein.

„Okay, hör mir zu." Rudy runzelte die Stirn und sah so entschlossen aus, dass Zac ihm seine ganze Aufmerksamkeit schenkte. „Ich bin auch nicht gerade ein Experte, was Beziehungen betrifft, wie du weißt. Ich war noch nie verliebt, und bin mehr als nur ein paarmal zurückgewiesen worden. Aber ich weiß, dass ich fähig bin zu lieben. Ehrlich gesagt bin ich sogar verdammt gut darin. Und ..." Er biss sich auf die Unterlippe und wurde rot. Dann purzelten seine nächsten Worte nur so heraus. „Ich würde gern versuchen, dich zu lieben. Wenn du mich lässt?"

Dieser neue, beherzte Rudy war atemberaubend. Fort war der schüchterne, unsichere Kerl, den Zac von früher kannte. Es fiel Rudy eindeutig nicht leicht, diese Dinge auszusprechen, und seine Aufrichtigkeit war bewundernswert und inspirierend. Zacs Herz wurde weit und füllte die leeren Räume in ihm aus.

Wenn Rudy so mutig sein konnte, konnte Zac es auch. „Ja." Seine Stimme brach ein wenig, und er musste schlucken. „Das würde ich sehr gern."

„Also ... was bedeutet das jetzt genau?", fragte Rudy. „Gehen wir offiziell miteinander? Bin ich dein fester

Freund? Was? Ich weiß, das klingt unheimlich drängend, aber ich möchte wissen, wo ich mit dir stehe."

„Mir gefällt, wie fester Freund klingt." Das Wort nur auszusprechen, brachte Zac zum Lächeln.

Rudy grinste zurück. „Klingt für mich auch gut."

Das glückliche Strahlen auf seinem Gesicht spiegelte Zacs Gefühle wider. Plötzlich war nichts wichtiger, als Rudy zu küssen. Zac ließ Rudys Hand los und nahm sein Gesicht in beide Hände. Dann beugte er sich vor, bis sich ihre Lippen begegneten, mit zärtlichem Druck und immer noch lächelnd.

Ein gedämpftes Maunzen aus ihrer Mitte erinnerte sie daran, dass Holly auch noch da war.

Rasch lehnte Zac sich zurück. „Oh, tut mir leid, Kleine. Haben wir dich eingequetscht?"

Sie blinzelte und gähnte und zeigte ihre spitzen, kleinen Zähne und die rosa Zunge. Dann stand sie auf und stolzierte behutsam ans Fußende, wo sie sich zusammenrollte.

„Das ist besser." Rudy schloss die Lücke zwischen sich und Zac, legte ihm einen Arm um die Taille und zog ihn an sich.

„Perfekt." Zac gähnte. „Gott, sorry. Ich bin echt erledigt."

„Ja, ich auch. Wollen wir schlafen?"

„Mh-hm."

Rudy schaltete die Nachttischlampe aus, und sie legten sich im Dunkeln zum Schlafen zurecht. Da Rudy etwas größer war, beschlossen sie, dass er der große Löffel sein sollte. Er passte perfekt hinter Zac, seinen Körper beinahe von Kopf bis Fuß an Zacs geschmiegt. Rudy war warm, sein

Atem kitzelte Zac im Nacken, und das Gewicht seines Arms um Zacs Körpermitte war wie ein Anker, der ihn sicher an Ort und Stelle hielt.

Zac schloss die Augen und lauschte auf Rudys ruhiger werdenden Atem.

Am Fußende des Bettes schnurrte Holly, und irgendwo im Haus knarrte eine Tür und fiel klickend ins Schloss. Umgeben von guten Dingen sank Zac mit einem Lächeln im Gesicht in den Schlaf.

BOXING DAY WAR in Rudys Familie der klassische Tag zum Faulenzen.

Zac und Rudy blieben am Morgen lange im Bett, darin eingeschlossen waren auch Blowjobs – oder versuchte Blowjobs zumindest.

„Sie beobachtet mich", beklagte sich Rudy und hob den Kopf, die Lippen feucht und das Haar zerzaust. Holly blinzelte ihn vom Fußende des Betts an. „Das lenkt mich wirklich ab."

Zac stöhnte frustriert; er war schon fast so weit gewesen. „Sie ist eine Katze. Sie weiß doch gar nicht, was wir machen."

„Es ist trotzdem komisch. Decken wir uns wieder zu, dann kann sie nicht zugucken."

Zac schnaufte. Aber er würde jetzt nicht widersprechen; er wollte Rudys Mund wieder möglichst schnell an seinem Schwanz haben. Rudy zog das Federbett über seinen Kopf und fuhr fort, Zac einen zu blasen.

Aber die Auf- und Abbewegung von Rudys Kopf unter der Decke war für Holly nur noch interessanter.

„Rudy, stopp!", flüsterte Zac.

„Rudy zog gerade noch rechtzeitig den Kopf hoch. „Wa– *argh!*"

Holly griff an. Zum Glück war die Bettdecke dick genug und schützte Rudys Kopf vor ihren Krallen. Zac platzte vor Lachen heraus, und als er sich endlich wieder beruhigt hatte, hatte er seine Erektion eingebüßt, und die Stimmung war ruiniert.

„Blöde Katze", grummelte Rudy.

Zac lachte erneut. „Ich weiß nicht, worüber du dich beschwerst. Du bist ja nicht derjenige, dessen Blowjob ruiniert wurde."

„Tja, mein Blowjob hat noch nicht einmal angefangen! Falls ich sie adoptiere, dann muss sie sich daran gewöhnen, aus dem Schlafzimmer verbannt zu werden, wenn wir Sex haben."

Trotz seines Ärgers streichelte Rudy Holly, die es sich nun zwischen ihnen im Bett bequem gemacht hatte. Sie beanspruchte deutlich mehr Platz, als ihr kleiner Körper es eigentlich rechtfertigte.

„Ja, das ist wahrscheinlich eine gute Idee." So sehr Zac Holly liebte, sie war beim Sex ein echter Spielverderber. „Sie kann hinterher zum Kuscheln wieder reinkommen."

Rudy lachte, und sein Lächeln blieb, als sie einander anschauten. Zac stellte sich eine Zukunft vor, in der er das hier haben konnte – natürlich nicht jeden Morgen, aber an den Wochenenden, wenn er bei Rudy übernachtete. Zusammen mit Rudy aufzuwachen, kam ihm wie das Natürlichste der Welt vor, als wäre es genau so, wie es sein sollte. Und falls Rudy Holly ein Zuhause geben sollte, wäre das das Sahnehäubchen auf dem Kuchen. Zac konnte sie nicht selbst behalten, aber sie bei Rudy besuchen zu können, war fast genauso gut.

Sie gaben es auf, morgendlichen Sex haben zu wollen, blieben aber noch eine Weile im Bett, tauschten liebevolle Küsse und machten Pläne für später am Tag, wenn sie zurück in Bristol sein würden.

„Du kannst heute Abend zu mir kommen, wenn du magst", sagte Rudy hoffnungsvoll.

„Ich glaube, ich brauche einen Abend zuhause. Ich muss langweilige Dinge erledigen, wie Wäsche machen, Milch und Brot frisch besorgen, und nach all dem Essen und Trinken hier muss ich auch dringend eine lange Runde joggen."

Rudy streichelte Zacs flachen Bauch und fuhr mit den Fingerspitzen über sein Sixpack. „Ich nehme an, man muss sich schon anstrengen, um solche Muskeln zu haben."

„Ja." Zac würde das nicht leugnen. Er war stolz auf seinen Körper und arbeitete hart dafür. „Aber wenn du praktisch kein Sozialleben hast, ist das auch ein guter Zeitvertreib." Falls es mit ihm und Rudy klappte, würde er sein Trainingspensum ein wenig verringern; wenn sie eine Beziehung aufbauen wollten, musste er Zeit für Rudy haben. „Aber ich könnte morgen Abend zu dir kommen."

Sofort breitete sich ein Lächeln auf Rudys Gesicht aus. „Ja? Das wäre toll. Und ich wohne näher am Büro als du. Du könntest dann bei mir übernachten, wenn du willst."

„Ich will auf jeden Fall." Zac küsste ihn erneut. Er konnte nicht genug von Rudy bekommen.

Schließlich trieb der Hunger sie aus den Federn und hinunter in die Küche. Ro, Rose und Jamie waren dort, und es roch nach Toast und Kaffee. Rudy und Zac machten sich

Toast und Tee und setzten sich zu den anderen an den Tisch.

„UM WELCHE ZEIT müsst ihr zwei aufbrechen?", fragte Rose.

„Am frühen Nachmittag, denke ich?" Rudy warf Zac einen fragenden Blick zu. Zac zuckte die Achseln und nickte.

Rose nahm einen Schluck Kaffee. „Wie macht sich Holly?"

„Großartig." Zac musste sich ein Grinsen verkneifen, als er daran dachte, wie sie vorhin auf Rudys gelandet war – genau im falschen Moment. „Sie ist sehr verschmust. Aber sie will unbedingt aus dem Zimmer und das Haus erkunden." Holly versuchte jedes Mal, sich durch den Türspalt zu quetschen, wenn sie das Zimmer betraten oder verließen.

„Ich werde morgen nachschauen, ob sie einen Chip hat. Aber ich halte es für unwahrscheinlich, dass wir einen Besitzer finden. Auf den Facebook-Post hat sich niemand gemeldet, und der wurde ziemlich großflächig geteilt. Ich denke, sie ist wahrscheinlich ein Kätzchen von irgendeinem Bauernhof, die sich ein wenig weit entfernt hat, aber von niemandem vermisst wird." Rose runzelte die Stirn. „Wir müssen uns überlegen, was wir mit ihr machen, aber wenn sie gut mit Menschen zurechtkommt, sollte es nicht schwer sein, ein Zuhause für sie zu finden."

„Wir wollen sie behalten." Rudy wurde rot, als seine Mutter ihn fragend ansah. „Ich meine, Zac möchte sie behalten, aber er kann nicht, weil seine Vermieterin keine Haustiere erlaubt. Deshalb würde ich sie gern nehmen."

Rose lächelte. „Das ist eine wunderbare Idee. Wenn ich keinen Chip finde und nach zwei Wochen noch niemand Anspruch auf sie erhoben hat, dann kannst du wieder herkommen und sie abholen. Oder wir können sie dir bringen – das ist vielleicht einfacher, als sie im Zug zu transportieren."

NACH DEM FRÜHSTÜCK zogen Rudy und Zac sich um und packten ihre Sachen. Holly vergnügte sich währenddessen damit, mehrfach in ihre Taschen zu springen und wieder herauszuklettern.

„Du kannst heute noch nicht mitkommen", erklärte Rudy ihr und hob sie aus der letzten leeren Tasche. „Aber falls dich niemand zurückhaben will, kommst du schon bald zu mir und bleibst."

Der ernste Tonfall, in dem Rudy mit der Katze sprach, brachte Zac zum Lachen. „Du wirst dann zu einem dieser Leute, die sich selbst als Papa bezeichnen, oder?" Er verstellte albern die Stimme: „Komm, Holly, ins Bett mit dir – Papa will Onkel Zac einen blasen."

Rudy warf mit einem zusammengerollten Paar Socken nach ihm. „Oh, mein Gott. Ich werde dir nie wieder einen blasen, wenn du von dir selbst als Onkel Zac redest. Bitte hör sofort damit auf. Und wenn überhaupt, dann bin ich der Onkel. Du warst es schließlich, der Holly gefunden hat. Sie gehört dir. Ich kümmere mich nur für dich um sie. Und wenn du irgendwann eine Wohnung hast, wo Katzen erlaubt sind, dann kannst du sie nehmen, wenn du willst."

„Ernsthaft?“

„Ja. Ich sehe doch, wie du mit ihr bist. Sie ist deine Katze, Zac, gar keine Frage.“

NACHDEM SIE GEPACKT HATTEN, brachten sie Holly in Jamies Zimmer und richteten dort alles für sie ein. Rose hatte beschlossen, dass sie dort für ein paar Tage am sichersten war, und Jamie freute sich darüber. Sie ließen Jamie und Holly, die mit einem Ball an einer Schnur spielten, im Zimmer zurück und gingen hinunter in die Küche, wo sie prompt von Jack zum Gemüseschnippeln eingeteilt wurden.

Später saßen sie mit dem Rest der Familie gemütlich im Wohnzimmer zusammen. Rudy spielte mit Jamie, Sid und Raj Computerspiele. Natalie hatte sich auf dem Sofa zusammengerollt, Hemingway schnurrend auf ihrem Schoß und ihren Kindle in der Hand. Rose las in einem abgegriffenen Taschenbuch. Großvater und Ro lösten gemeinsam ein Kreuzworträtsel, und Zac sah ihnen dabei zu. Er hatte noch selbst versucht, ein Kreuzworträtsel zu lösen, aber er kam langsam dahinter, wie es funktionierte, indem er den anderen beim Herumknobeln zuhörte.

„Wer umgekehrt davoneilt, ist nicht länger Pünktchen, Pünktchen, Pünktchen“, murmelte Ro. „Zwei Wörter, insgesamt neun Buchstaben. Und wenn wir drei senkrecht richtig haben, ist der allererste Buchstabe ein T.“

Zac dachte darüber nach, während er seinen Blick durch den Raum schweifen ließ. Churchill, der träge zu Zacs Füßen auf der Seite lag, schien seinen Blick zu spüren, denn sein Schwanz fing an, auf den Teppich zu klopfen. Eine Welle der Zuneigung zu allen im Raum überkam Zac. In weniger als achtundvierzig Stunden hatten diese Menschen ihn so warm in ihren Kreis aufgenommen, in ihre Familie, als wäre er …

„Teil davon", sagte er laut. Alle Augen im Raum wandten sich ihm zu, und er errötete. „Entschuldigung, ich wollte nicht stören. Aber die Antwort ist *Teil davon*. Es ist ein Anagramm von *davongeeilt* … glaube ich?"

„Oh, das passt", sagte Ro.

„Ja, gut gemacht, Junge." Großvater grinste Zac an und trug die Antwort ein.

Zac fing Rudys Blick auf, und sie lächelten einander an, dann wandte Rudy seine Aufmerksamkeit wieder dem Spiel zu.

ES KAM IHNEN SO VOR, als markierte das gemeinsame Mittagessen bereits das Ende der Feiertage. Alle redeten darüber, dass sie zurück zur Arbeit mussten und wann sie sich das nächste Mal wiedersehen würden.

Natalie und Raj lebten nördlich von Birmingham, also würden sie die Reise wohl erst wieder in zwei, drei Monaten machen.

„Kommst du nächsten Sonntag wie üblich zum Essen, Großvater?", fragte Rose.

„Wenn ich eingeladen bin?", antwortete er lächelnd.

„Natürlich." Dann wandte Rose sich an Rudy. „Und wir sehen uns in zwei Wochen, wenn wir Holly bringen, denke ich." Sie schaute Zac an. „Und dich auch, Zac, hoffe ich."

„Ja", sagte Rudy und stupste Zac unter dem Tisch mit

dem Knie an. „Du musst kommen und helfen, sie einzugewöhnen.“

„Und wir werden etwas kochen und mitbringen, damit wir zusammen essen können. Nehmt euch den Tag frei dafür“, sagte Jack.

„Klingt gut“, sagte Rudy.

Und Zac konnte nur zustimmen. Das klang sogar perfekt.

RUDY UND ZAC waren die Ersten, die sich nach dem Mittagessen verabschiedeten. Sid bot natürlich an, sie zum Bahnhof zu fahren, und alle versammelten sich im Flur, um Auf Wiedersehen zu sagen. Zac bekam Küsse, Umarmungen, Händedrucke und Faustchecks von den verschiedenen Familienmitgliedern. Rose verabschiedete sich als Letzte, und sie nahm ihn ganz fest in die Arme und küsste ihn auf die Wange. Als sie ihn an sich drückte, murmelte sie so leise, dass sonst niemand es hören konnte: „Danke, dass du meinen Jungen so glücklich machst, Zac. Du bist gut für ihn.“

Zac drückte sie zur Antwort noch ein wenig fester. „Danke, dass ich mich hier so willkommen fühlen durfte.“

Roses Augen leuchteten, als sie Zac losließ. „Du passt perfekt zu uns. Es ist, als wärst du bereits Teil der Familie.“

Zac war so gerührt, dass er sich nicht traute, darauf etwas zu antworten. Er hatte einen Kloß im Hals, und seine Augen brannten verdächtig. Er senkte den Kopf und schlang sich geschäftig seinen Rucksack über die Schulter, während Rose als Nächsten Rudy umarmte.

Zac saß auf dem Rücksitz, als Sid sie zum Bahnhof

brachte, und Rudy auf dem Beifahrersitz. Zac starrte aus dem Fenster hinaus in die winterliche Landschaft. Sein Herz quoll über. Er war hergekommen in der Erwartung, ein eher peinliches Weihnachtsfest unter Fremden zu verbringen, stattdessen hatte er Freundschaft, Zuneigung und das Gefühl von Familie erfahren.

Außerdem schien er nun einen festen Freund zu haben. Und vielleicht sogar eine Katze.

Bestes Weihnachtsfest aller Zeiten.

EPILOG

14. Februar

IM BÜRO HERRSCHTE eine besonders unbeschwerte Stimmung. Rudy konnte es überall um sich herum spüren, wie aufsteigende Champagnerbläschen oder ein Ballon, der sich mit Luft füllte.

Takara schwebte auf Wolke sieben, als sie nach der Mittagspause einen bunten Blumenstrauß geliefert bekam – sie kreischte vor Freude, dann warf sie sich auf Sams Schoß und knutschte ihn vor allen, bis Sams Gesicht so rot war wie die Rosen in dem Strauß.

Sie bestand darauf, die Blumen auf ihren Schreibtisch zu stellen, obwohl dort kaum Platz war. Aber da sie ohnehin die meiste Zeit damit verbrachte, Textnachrichten an Sam zu schicken, während sie so tat, als würde sie arbeiten, war es wohl nicht weiter schlimm, dass sie nur die Hälfte ihres Monitors sehen konnte.

Rudy hatte ebenfalls Probleme, sich zu konzentrieren.

Er und Zac hatten Pläne für später. Oder genauer gesagt, Rudy hatte Pläne – Zac wusste nur über einen Teil davon Bescheid.

Sie hatten ausgemacht, dass Zac nach der Arbeit mit zu Rudy kam, und auf dem Weg ein extra leckereres Abendessen besorgte. Zac hatte zunächst vorgeschlagen, in einem Restaurant zu essen, aber Rudy wusste, dass Zac in Wirklichkeit lieber zuhause essen würde, damit er mehr Zeit mit Holly verbringen konnte.

Holly hatte sich gut bei Rudy eingelebt, aber Zac war und blieb ihr absoluter Lieblingsmensch, und die Liebe beruhte auf Gegenseitigkeit. Rudy war nicht eifersüchtig; er sah die beiden gern zusammen. Zacs offensichtliche Freude über Hollys Zuneigung war schön zu sehen und machte Rudy immer ganz weich innerlich.

UND TATSÄCHLICH, als Rudy an diesem Abend die Wohnung aufschloss, kam Holly sofort zur Tür gelaufen und wickelte sich freudig maunzend um Zacs Beine.

„Eine Sekunde, Holly", sagte Zac lachend und stolperte beinahe über sie, während er versuchte, mit einer Tragetasche in jeder Hand durch die Tür zu kommen. Dann stellte er die Taschen auf den Boden und nahm Holly auf den Arm. „Na, siehst du wohl. Wie geht es meiner Kleinen? Hast du mich vermisst?"

Sie schnurrte laut und rieb ihr Köpfchen an seinem Kinn; sie schien außer sich vor Glück, ihn zu sehen. Dabei war es erst zwei Tage her, weil Zac das ganze Wochenende bei Rudy verbracht hatte. Aber sie tat trotzdem so, als wären sie monatelang getrennt gewesen.

Rudy nahm Zacs Taschen vom Boden und schleppte sie zusammen mit seinen eigenen.

„Kommst du klar?", fragte Zac.

„Ja, alles gut." Rudy mühte sich ein bisschen ab, schaffte es aber, alles in die Küche zu tragen.

Holly zappelte, um heruntergelassen werden, sobald sie in der Küche waren. Dann lief sie direkt zu ihrem Futternapf und stellte sich erwartungsvoll davor. Offenbar war ein leerer Magen sogar noch wichtiger als Zac.

Zac fütterte sie, während Rudy die Einkäufe auspackte.

„Willst du schon essen? Sollen wir schonmal den Herd anschalten?", fragte Rudy, obwohl er eigentlich viel zu nervös zum Essen war. Der Gedanke an das Gespräch, das er mit Zac führen wollte, drehte ihm den Magen um.

Zac, der nichts ahnte, stellte sich hinter ihn, während Rudy den Kühlschrank einräumte, und drückte seine Arschbacken. Dann küsste er Rudys Hals. „Ja, ich bin am Verhungern."

Trotz seiner Nervosität reagierte Rudys Körper sofort. Zac konnte Rudy schon mit einem Blick die Knie weich machen, ganz zu schweigen von seinen Berührungen.

Sie schalteten den Herd zum Vorheizen an, dann holten sie die Lasagne aus der Packung. Dazu hatten sie verschiedene, fertige Salate gekauft, sowie einen Schokokuchen als Nachtisch. Als Rudy den ansah, schlug sein Herz erneut schneller.

„Also, wie lange braucht die Lasagne?", fragte Zac.

„Etwa eine halbe Stunde." Rudy hatte das Gefühl, dass er sich komisch anhörte, irgendwie ein bisschen gepresst.

Zac grinste ihn frech an und wackelte mit den Brauen.

„Das ist gerade genug Zeit für einen Valentinstags-Blowjob." Er trat zu Rudy und drückte ihn gegen den Küchenschrank.

Das Verlangen in Zacs dunklen Augen ließ Rudys Schwanz erregt kribbeln. Zac küsste ihn und lenkte Rudy mit seinen Lippen und seiner Zunge von seiner Mission für diesen Abend ab. Rudy schmolz dahin, schlang seine Arme um Zac und schon die Hände unter dessen T-Shirt, um warme Haut zu streicheln.

Der Gedanke an einen Blowjob war sehr verlockend. Vielleicht konnte Rudy Zac auch später noch fragen ... aber nein! Er würde es nicht genießen können, einen geblasen zu bekommen, solange seine Nerven ihm Stress machten. Er musste seinen Mut zusammennehmen und es hinter sich bringen. Wenn alles gut ging, würden sie später noch genug Zeit für Blowjobs haben.

Genau in diesem Moment klingelte der Timer am Herd, eine willkommene Ablenkung.

„Lass mich die Lasagne in den Ofen schieben." Rudy löste sich hastig von Zac. Er hatte Angst, sein Gesicht könnte ihn verraten.

Behutsam schob er die Auflaufform in den Backofen und schloss die Klappe. Er konnte Zac hinter sich förmlich fühlen – so wie er ihn kannte, starrte Zac ihm wahrscheinlich gerade auf den Arsch. Und tatsächlich, als Rudy sich aufrichtete, spürte er Zacs Hand an seiner Hüfte, und im nächsten Moment presste sich der harte Umriss von Zacs Erektion an Rudy.

„Vielleicht haben wir sogar genug Zeit für einen schnellen Valentinstags-Fick, was meinst du?

Rudy zögerte unentschlossen.

Schließlich bemerkte Zac Rudys Anspannung, und sein Tonfall wechselte von neckisch zu besorgt. „Hey, was ist denn heute Abend mit dir los? Stimmt etwas nicht?" Er drehte Rudy an den Schultern herum, sodass er ihm ins Gesicht sehen konnte.

Rudy lächelte nervös. „Es ist nichts, wirklich."

Zac hob die Augenbrauen. „Du machst mir ein bisschen Angst. Habe ich etwas falsch gemacht?"

„Nein!", versicherte Rudy ihm rasch. „Nichts dergleichen. Es ist nur ..." Er atmete schnaubend aus. „Wir müssen reden."

Zacs Miene fiel in sich zusammen, als hätte jemand das Licht ausgeschaltet. „Das klingt nicht gut."

Scheiße. Rudy sah sofort, wohin Zacs Gedanken gingen. Er wusste, Zac hatte unterschwellig immer noch Angst, dass Rudy sich mit ihm langweilen und ihn verlassen würde. Zac versuchte zwar, seine Unsicherheiten zu verbergen, aber er war nicht besonders gut darin und Rudy durchschaute ihn stets. „Gott, Zac, nein. Okay, ich bin nicht gut in sowas." Er nahm Zacs Hand. „Ich hatte vor, es romantisch zu machen. Ich wollte dich beim Essen fragen. Aber ich bin so verdammt nervös, ich muss es jetzt machen. Also, kannst du dir bitte Kerzenlicht und den ganzen Kram einfach vorstellen?"

Zac nickte. Er sah immer noch verunsichert und ängstlich aus.

„Also ..." Rudy holte tief Luft. „Ich weiß, wir sind noch nicht so lange zusammen, und vielleicht findest du es zu früh, aber ich glaube, es würde gut funktionieren. Ich bin verrückt nach dir, und ich bin mir ziemlich sicher, dass du dasselbe empfindest. Ich bin immer glücklich, wenn du hier bist, und Holly natürlich auch. Und ich weiß, du magst deine Wohnung und deine Vermieterin nicht besonders, und ich finde, es würde Sinn machen, wenn du die ganze Zeit hier wärst. Falls du das möchtest."

Schließlich musste Rudy eine Pause zum Luftholen machen. Ihm wurde ganz flau, als er Zacs immer noch besorgten Gesichtsausdruck sah. „Oh Scheiße, es ist zu früh, oder? Tut mir leid. Ich wusste, ich würde es irgendwie vermasseln. Wenn du nicht willst, ist das völlig in Ordnung. Tu einfach so, als hätte ich nie gefragt. Es macht mir nichts–"

„Rudy!", unterbrach Zac ihn. „Hör mal eine Sekunde auf zu reden, Ich versuche immer noch zu begreifen, was zum Henker du gerade überhaupt gesagt hast. Das waren viel zu viele Worte, und es passt nichts richtig zusammen."

„Siehst du, ich sagte ja, ich bin nicht gut in sowas." Rudy seufzte und versuchte es noch einmal. Dieses Mal ganz langsam. Er hielt Zacs Hand fester in seiner, als könnte er so sein Einverständnis erzwingen. „Ich bitte dich, bei mir einzuziehen." Er starrte Zac hoffnungsvoll an und wartete auf eine Reaktion.

Und er wurde mit einem Lächeln belohnt, das größer wurde, je mehr seine Worte einsanken. Rudy wurde ganz schwach vor Erleichterung. Ein Lächeln war ein gutes Zeichen, oder? Selbst wenn Zac noch nicht bereit sein sollte für einen so großen Schritt, schien es ihm nichts auszumachen, dass Rudy gefragte hatte.

„Bist du sicher?" Zac klang verunsichert.

„So sicher, wie man nur sein kann." Rudy zuckte die Achseln. „Sieh dir meine Eltern an. Sie waren einen Monat, nachdem sie sich kennengelernt hatten, bereits verlobt. Wenn du es weißt, dann weißt du es eben." Und dann kratzte er auch den letzten Rest seines Mutes zusammen und sprach aus, was ihm in den letzten Wochen schon so oft auf der Zunge gelegen hatte. „Ich liebe dich, Zac. Ich will jeden Abend mit dir zusammen ins Bett gehen und jeden Morgen neben dir aufwachen. Ich vermisse dich, wenn du nicht da bist – und Holly auch – und ich denke, es wäre einfach perfekt, wenn du immer hier wärst. Also, was sagst du?"

Und jetzt ließ Zacs Lächeln sein ganzes Gesicht aufleuchten. „Ich finde, du bist viel besser in sowas, als du denkst. Und das ist eine brillante Idee."

Er schlang seine Arme um Rudy und drückte ihn so fest, dass Rudy befürchtete, gleich durchzubrechen.

„Oh, Scheiße, Gott sei Dank." Hätte Zac ihn nicht gehalten, wäre Rudy vor Erleichterung zusammengeklappt. Er vergrub sein Gesicht an Zacs Hals und atmete tief ein.

„Oh, und Rudy?"

„Ja?" Rudy neigte den Kopf zurück, sodass er Zac ins Gesicht sehen konnte.

„Ich liebe dich auch. Frohen Valentinstag!"

Sie küssten sich, und was zärtlich und gefühlvoll begann, wurde rasch sexy und verlangend.

„Also, wegen der Blowjobs ...", murmelte Rudy zwischen den Küssen. „Ich glaube, wir haben immer noch etwas Zeit, bevor das Essen so weit ist."

„JA." ZAC SANK BEREITS auf seine Knie, eindeutig mehr als einverstanden mit dem Plan. Er öffnete Rudys

Gürtel und arbeitete schon an seinem Hosenstall, als er plötzlich aufstöhnte. „Geh weg, Holly!"

Rudy schaute hinab und sah, wie Holly sich an Zacs Knie rieb. Er lachte. „Sollen wir lieber nach oben gehen? Und die Tür schließen?"

„Ja." Zac stand auf und nahm Rudys Hand. Während er ihn zur Tür zog, murmelte er: „Blöde Katze."

„Aber du liebst sie trotzdem", sagte Rudy.

„Ja, das tue ich." Zac sah Rudy in die Augen, und Rudy schmolz innerlich dahin, als er das Gefühl in ihnen sah. „Das tue ich wirklich."

ÜBER DEN AUTOR

Jay lebt in der Nähe von Bristol im Westen Englands. Er stammt aus einer Autorenfamilie, glaubte aber stets, das Romanschreiber-Gen habe ihn übersprungen. Jahrelang schrieb er lediglich E-Mails, Zeitungsartikel und Webseiteninhalte.

Eines Tages beschloss Jay, es zu versuchen und eine Kurzgeschichte zu verfassen – nur um zu sehen, ob er es konnte – und fand es geradezu süchtigmachend. Er hat seit diesem Tag nicht mehr mit dem Schreiben aufgehört.

Jay Northcotes Newsletter für deutsche Leser
Für gelegentliche deutschsprachige Updates über meine deutschen Buchveröffentlichungen und Sonderangebote, trage dich bitte in diese Mailingliste ein:
https://bit.ly/jaynews_de

www.jaynorthcote.com
Twitter: @Jay_Northcote
Facebook: Jay Northcote Fiction

In englischer Sprache

The Housemates Series

Helping Hand – Housemates #1
Like a Lover – Housemates #2
Practice Makes Perfect – Housemates #3
Watching and Wanting – Housemates #4
Starting from Scratch – Housemates #5
Pretty in Pink – Housemates #6

The Rainbow Place Series

Rainbow Place – Rainbow Place #1
Safe Place – Rainbow Place #2
Better Place – Rainbow Place #3
Mud & Lace – Rainbow Place #4
Happy Place – Rainbow Place #5

Other Novels and Novellas

Nothing Serious
Nothing Special
Nothing Ventured
Not Just Friends
Passing Through
The Little Things

www.ingramcontent.com/pod-product-compliance
Lightning Source LLC
Chambersburg PA
CBHW060533160726
47991CB00001B/308